写　给　中　国

年　轻　妈　妈

BOUNDARIES

OF

MATERNAL

LOVE

母爱的界限

零露 / 著

生活·讀書·新知 三联书店 生活書店出版有限公司

图书在版编目（CIP）数据

母爱的界限 / 零露著 . — 北京 : 生活书店出版有
限公司 , 2016.8
ISBN 978-7-80768-143-4

Ⅰ . ①母… Ⅱ . ①零… Ⅲ . ①书信集－中国－当代
Ⅳ . ① I267.5

中国版本图书馆 CIP 数据核字 (2016) 第 071659 号

责任编辑　郝建良
装帧设计　罗　洪
责任印制　常宁强
出版发行　生活書店出版有限公司
（北京市东城区美术馆东街 22 号）
邮　　编　100010
经　　销　新华书店
印　　刷　北京隆昌伟业印刷有限公司
版　　次　2016 年 8 月北京第 1 版
2016 年 8 月北京第 1 次印刷
开　　本　880 毫米 ×1230 毫米　1/32　印张 9.875
字　　数　170 千字　图 39 幅
印　　数　0,001-6,000 册
定　　价　38.00 元
（印装查询：010-64052612；　邮购查询：010-84010542）

目 录

[贰]

[叁]

[肆]

[伍]

[陆]

[柒]

[捌]

推荐序　最重要的是价值观的传承

都说教育是中国人永远不会厌烦的话题，在海外华人中尤为如此。背着“乘法口诀表”成长起来的华人家长们，在国外，面对身边那些不知家庭作业为何物的孩子们，两种截然不同的教育文化的冲击，让诸位对“教育”两个字往往有着更深的理解和体会。

或者，更加迷茫？！

这，也许是乔剑女士所著《母爱的界限》中的文章在新西兰《先驱报》（中文版）连载后，得到那么多读者回馈和喜爱的原因之一。

当然不止如此。和那些或过于理想或失之功利的文字相比，《母爱的界限》有着它不寻常的地方：娓娓道来的文字，让人感动的细节，满卷“心有戚戚焉”的共鸣……我们也在不经意中成了《母爱的界限》这本书的第一批读者。

作为一个浸淫写作多年的资深作家，乔剑女士的文字功底已经炉火纯青，这让编辑们无比省心。《母爱的界限》以书信的方式出现，每次针对教育孩子的一个话题，从一个母亲的角度和家人唠着家常。读书是什么？课本是一切吗？孩子撒谎怎么办？如何尊重中国文化？公主心态如何克服？字里行间，传递的是看来轻描淡写，却又隽永的道理。最值得一提的是，作者不说教，不指点，不站上任何制高点，说的是“人话”，得的是“人心”。

《母爱的界限》谈的是教育，然而，又岂止是教育？通过这些文字，呈现出的是一整套完整的价值观。如何做人，如何看事，什么是成功？我们试图传递给孩子们的，不正是自己对世界的看法，对人生的认识，对价值的判断吗？把自己认为正确的价值观传递下去，还有比这更核心、更本质的教育吗？

过去二三十年，在中国家长中非常流行这样一句话：“不要让孩子输在起跑线上”。如今“虎妈”“狼爸”环伺，我们的孩子们在起跑线上非但不会输，领先几个身位都绰绰有余。然而，无论在科学、技术、文学、艺术等各个领域的冲刺线上，华人大家的数量和质量还是让人有点儿失望。或者说，和起跑线上的熙熙攘攘太不相称。那么，在课本上的“数理化、历史地理”和课堂外的“琴棋书画、芭蕾舞”之外，年轻的中国父母是不是还遗漏了什么更重要的东西呢？

或许，这就是《母爱的界限》这本书想要告诉大家的吧。

新西兰《先驱报》（中文版）主编　叶韬

2015年8月

作者的话

这本书之所以最终选择以写信的方式来表达我们对家庭教育的理解，是期望这种古老的形式能不断地提示我们：教育原本就是一件质朴、平凡的工作。而同样古老的还有这本书的内容——母爱。

事实上，这本书的手稿并非为著书立说而作，只不过是一封封家书的集合。近十年里，妹妹一家辗转于西方国家和中国之间，12岁大的安妮也因此在不同的环境下接受着差异悬殊的教育。我们身为孩子的父母和长辈，在安妮的成长过程中虽然为此付出了额外的努力，却也意外地看到东西方国家在教育理念上不同的风格，同时也被激发出很多以往被忽略的思考，其中最显著的一点就是关于“母爱”。

五年前，在伦敦的泰晤士河边，一对天鹅父母护佑一只灰色天鹅宝宝的情景使我们全家一直念念不忘；而更能拨动人心弦的母爱则出现在三十多年前的一部日本纪录片中：小狐狸被深爱它们的父母坚决地赶出巢穴，被迫开始独立生活。由此看来，母爱，不仅是人类文明赋予它丰富的内涵，连自然界的其他物种也以各自的方式注释着母爱永恒的光彩。正是因为这个话题的久远和不衰的特性，才会使我们不会轻易丢掉这个世代相传的主题。

打开互联网，在搜索引擎中输入汉字“母爱”，与其相连最多的一个词非“无限”莫属。母爱无限，这植根于人类心灵深处的东西，千古不变，是我们身为孩子们的父母对自己的子女尽显怜爱的写照，更是我们作为儿女感恩双亲的动力。特别是对于现在只有一个孩子的中国年轻父母而言，总是恨不能把所有的责任都揽到自己肩上，而将所有的爱都心甘情愿地倾注给自己的孩子，这便是我们现代家庭对于“母爱无限”最满意的诠释。然而，促使我对此反思的却是女儿与我共进午餐时一句好奇的发问：“妈妈，你为什么爱吃鱼骨头呢？”

母爱，在我们心目中多被呈现得如诗歌那般抽象，表现在现实中却又是那样琐碎——对孩子们衣食冷暖的关注已占据了我们心思的大半，因此，母爱的表达便自然会显得过于具体而缺少理性的智慧——健康的体魄只是人生的基础而不能成为一个人的全部。

从上面的两个来自自然界的例子中，想必读者会很快理解那个“界限”的所指。正像我们所见到的，日常生活中，我们会为孩子们承担许多本应是他们的责任——我们的肩上时常会不自觉地背起孩子的书包，我们还会亲自演算本是老师留给他们的作业。我们生怕孩子们幼小的身体承受不了书包的重压，脆弱的心灵抵挡不住老师的批评。我们指望着一切等他们长大以后再去面对和承担。

如今的父母亲，对孩子身体的呵护往往让步于对他们心智的关怀，而理性的教育本可使其两全。这个观点使得我们给母爱标注的界限清晰可见——母爱无限的内涵中，事实上自古就有大爱和小爱之分，这一点恰恰是常被今天中国的年轻父母所忽视的，而其结果就是我们几乎无视父母和孩子间关于爱的界限，而这正是东西方家庭在教育观念中很不相同的一点。值得注意的是，我们在思考和讨论有关孩子教育的种种问题时，一定要把事情的起点植根于最基层的土壤和最现实的生活，否则，我们所得到的任何所谓现代教育理念的结论都有可能会随时坍塌。

此外，这本书对于目前中国众多家庭所面临的儿女留学的现实问题或许也会有所帮助。孩子们远渡重洋去海外求学，事实上面临的困难远不仅仅是“学费”和“学分”，更深层次的恐怕还是内心深处的理解和融入。希望我们所记录的生活中的点点滴滴能给年轻的中国父母打开另外一扇窗，从而使母爱的定义更加充满智慧的光亮。

2016年春日

壹

我们作为父母，对孩子们所能尽到的责任和引导，若是用点儿心，其实比我们现在所做的能多很多。

比老虎厉害的是什么?

珮嘉：你好！

安妮曾打电话说起她新学校的班主任格林先生不但教语文，还教数学和科学，是个上知天文、下晓地理的大神。而在中国，想必是只有偏远的乡村才会出现一位老师带多门课程的情况。后来才知道，这种情形在国外的小学是很普遍的。“格林先生们”不仅在学科上教导孩子，还在行为习惯上影响着他们。今天，忽然想到，我们这些孩子的父母，其实也是可以在和孩子相处的过程中起到同样作用的。

前天去爬香山，下山的路上听到一对父子的谈话，孩子看上去只有五六岁的样子，认真地问了父亲一个问题：“爸爸，世界上最厉害的动物是不是人啊？”父亲说：“那要看在什么情况下，若是在原始森林里，赤手空拳，人的生存能力恐怕都不如一头鹿，跟老虎狮子就更没有较量的资格了。”儿子又问：“那有没有比老虎更厉害的动物呢？”我没有听到对答如流的回应，看来这个问题有点儿难度，但那个父亲也非如我所料地说上一句“你怎么那么多问题”了事，而是陷入了半分钟的思考，之后我听见他慢吞吞地答道："病毒和细菌应当能制服老虎。世界上不会存在一支独大的动物，总会有能降服它、和它抗衡的种群存在……"随后的一路，我还"偷听"了这对父子围绕弱肉强食、以小搏大等一系列带有哲学意味的讨论。

看过上面的情景也许你会嚷嚷：这对父母的要求也太高了吧！可事实上，要想培养出令人满意的孩子，我们的确要对自己的要求高一些。想想，你我是不是经常会随意地在孩子面前说"瞧别人家的孩子如何如何"，却从没想到孩子心里也会产生"瞧人家的爸爸妈妈如何如何"的念头。当然，不能要求每个家长都有能力回答出诸如"比老虎厉害的是什么"这样的问题，这也不是我现在要向你展示的重点。我想说的是，我们作为父母，对孩子们所能尽到的责任和引导，若是用点儿心，其实比我们现在所做的能多很多。

这次陪爸妈去乡下，夜里偶尔会听到狗叫，早晨会被公鸡的打鸣吵醒。一天，散步时，望见田间小猫一路狂奔地抓老鼠，爸爸不由得对我说："真应当带琳达和安妮来乡下看看，要不然她们什么时候才能知道何为'犬守夜，鸡司晨'呀！"同行的妈妈指着路上飞跑的猫打趣道："狗拿耗子是多管闲事，这猫捉老鼠才是正差呢！"大家不禁大笑。你看，家庭教育哪里只是学识渊博的家长的专利，能说出句"狗拿耗子多管闲事"的歇后语，于促进孩子对生活的理解，不也是很恰到好处的吗？

你总是抱怨安妮成长中的琐事使你失去了很多享受私人空间的机会，但你也要看到，人的一生如果缺乏和孩子共处的岁月，也会有很多有趣的细节被我们匆匆的步伐遮盖掉。现如今，当我们有能力回答那些幼稚的问题时，我们却到了再不会想起那些问题的年龄。从这个意义上讲，我们还要感谢孩子们给我们带来的那些困扰，正是他们天真的百问，才让我们重拾了童年的很多乐趣。

再叙！

姐姐

也给孩子煮杯咖啡

珮嘉：你好！

今天早晨煮咖啡时，发现咖啡豆用光了。书桌上摞得小山样的稿子月底前是一定要赶出来的，顾不了许多，只好换杯柠檬水凑合了。不知是稿中费雪的理论枯燥还是房间里太安静，没有咖啡的时光，一个上午脑子里都是晕晕的，打不起精神。下午索性丢了稿子转战厨房了。奇怪，厨艺竟让我困意消散殆尽。这里不禁想起你对我常抱怨安妮一看书就打瞌睡的烦恼，就此写信和你聊聊。

书的催眠作用并不是只针对安妮，我周围的很多人都有同感，当面对那些并不大能激起我们兴趣的书籍时，阅读是最佳的催眠工具了。你姐夫曾跟我开玩笑：“你想睡觉吗，去看会儿书吧。”有一点我们得平心而论，咖啡、茶、香烟、美酒，于我们成人世界精神上的关怀是孩子们无法享受到的，若不是今天用光了咖啡豆，对此我并不以为然。细想想，从孩子们的角度看，对于那些教科书非要闯进他们的童年，其实孩子们并不认同，这与我看不进费雪高深的

经济学理论没有丝毫的差别。而我却可以去厨房做一锅美味的红烧牛肉调剂昏昏欲睡的大脑，可安妮就没那么幸运了——要么学着古人“头悬梁锥刺股”的样子刺激一下本是很疲惫的身体，要么就得接受父母的责罚。记得我们儿时有着同样经历吗？当时我最大的愿望就是快点长大，大到能自己说了算为止！

孩子生活起居的行为习惯与我们对他们未来的期望高度统一，这是家庭教育的最佳状态。而实际生活中，我们和孩子间最大的冲突恰恰在此特别明显。在我们的头脑中，毫无疑问，被修改的一方一定是孩子的品行，这的确是完全站在他们未来利益上考虑的结果，这也的确是我们家长不能让步的。而咖啡豆的例子使我想到，孩子们在学习那些并不被他们认为是十分必要的基础知识的时候，其实他们的倦意又是那么的真实。在这个当口，孩子小睡一下是人家正当的权利，和放纵懒惰可不是一回事。倘若不存在上述身体疲劳的情况，安妮的倦怠针对的只是所学的知识，在这个时刻，和我们成人一样，孩子同样需要喝上一口能使人振作一下的饮品。这里我指的当然不是香烟、美酒，而是一杯父母亲手调制的美味“咖啡”。这杯子里充满趣味与智慧：里面包括书本的知识放回到现实中的举例；掌握抽象的理论对于生活之路的价值……

制作这样的饮品当然不是件容易的事，就像你曾向我发火时抱怨的：“现在的孩子怎么这么难伺候！”话是这么说，不过，若是现在不趁这些小苗还没定型时及时引导，树长歪了，到那时，恐怕连我们用劲儿的机会都没有了。

再叙！

姐姐

读书不是人生的全部

珮嘉：你好！

你来信中提到安妮所就读的洋人学堂里，用于缝纫、木匠等一些手艺课的时间过长，对此你很是不安。这一点我也很理解你的心情，毕竟国内同龄的孩子们正在读书上发力呢。

中国自古崇尚读书，这于民风和社会价值的确立有很大的益处，“书中自有颜如玉”“书中自有黄金屋”嘛，而“万般皆下品，唯有读书高”的思想也同时涌进了我们的血液。发展到今天，从我们自己而言，你不觉得我们已退化成那种“四体不勤五谷不分”的新人类了吗？如果是我们姐妹两个没考上大学，我们又该做些什么来维持我们衣食无忧的生活呢？

相信社会上大多数人都想成为“劳心者”，而社会工作的机会却是为“劳力者”提供得更多。如果孩子们十年寒窗之苦只是专注于挖掘书本中的金矿，想必失望的唏嘘声不会太少。而学校之所以设置劳动课，对于孩子们的意义可能还不仅仅止步于就业这一项考虑。劳动对于孩子们更大的意义还在于他们的美德将因此得到提升，这是其他活动不能替代的。通过体会不同的劳动，他们会懂得生活中的一针一线、一草一木不是凭空而来的，从而使他们学会敬畏他人的工作；劳动还可以很好地演绎书本中抽象的理论，从而使孩子们有机会深刻地理解科学家的发明与发现对于今天生活的重大影响。

社会的发展需要各种有技能的人才，这种观点不仅在各国的教育政策中会体现，我们家长和孩子们也要知道。如果你的安妮选择了在国外念书，你只有入乡随俗，尽量适应这种与中国目前的教育理念不同的环境。

另外，我提醒你一件事：去你那里度假的时候，安妮曾告诉过我缝纫课老师因为不满意她的手艺而拆了她的作品的事情。一副很不理解中国孩子为什么动手能力竟然这么低的面孔。若有机会，你还是和老师沟通一下，毕竟安妮从小是在中国式家庭里被“爱”大的。

祝好！

姐姐

为莎士比亚买生日蛋糕

珮嘉：你好！

昨天接到你的越洋短信，抱怨安妮没有琳达爱学习，还羡慕地说我摊上了个爱读书的女儿。其实，如果你真正想改变年仅 12 岁的安妮，从时间上说一点儿都不晚，只是方法上要多动些脑筋。

不知你是否记得在伦敦图书馆认识的史密斯夫妇？他们的杰克和约瑟夫，看上去几乎让人难以区分的一对双胞胎男孩儿，有时连他们的堂兄都会搞错。可就是这样相似的两个孩子，却有着截然不同的性格。哥哥杰克酷爱看书，考上了当地最好的中学；弟弟的爱好是泡在篮球场，当然学习就不如哥哥了。史密斯夫妇对这两个孩子的看法似乎和咱们“学而优则仕”的逻辑不大一样，不过是觉得哥哥是块做学问的料，将来在学术上会很有成就。同时，他们并不为弟弟不爱读书过分担忧，并说弟弟将来的想象空间会更大。但他们也不会放任小约瑟夫成天泡在篮球场，而是很耐心把他向书桌旁引导。史密斯夫人曾跟我讲：“小约瑟夫当初最不喜欢学习莎士比亚的课。但这个课对于孩子们又是那么重要，所以我们想了很多帮助

Happy Birthday to William
Happy Birthday

约瑟夫的办法，但进展却不是那么令人满意。”说话间，史密斯夫人指着正在看书的杰克夸赞道：“最后还是杰克的主意最妙，他提议我们全家给莎士比亚搞个生日派对。我们照他的话去做了，真的为莎士比亚买了生日蛋糕，点了蜡烛。小约瑟夫看上去很热衷这样的游戏。果然，从2010年4月23日起，莎士比亚先生就成了我们全家的朋友，当然也是约瑟夫的。”

对比这样的例子，想想平时的自己，当孩子们在读书上面临困难或是对哪门学问不感兴趣的时候，我们是怎样对待他们的？我们要么念叨“别人家孩子”多么好，要么就是埋怨自己孩子怎么不努力、脑袋笨。还有一招儿就是给孩子报个补习班或请家教，把孩子“扔”出去。像小约瑟夫的父母这样绞尽脑汁帮助孩子的，周围还真是不多见。

安妮在学业上遇到的困难其实我们的童年也曾感受过。孩子在这个时候需要的是援手，不是挖苦讽刺，用“别人家孩子”来教育“自己家孩子”（如果我们把这种做法姑且看作“教育”的话），不但对解决孩子们所遇到的困境没有丝毫帮助，反而会增加他们的心理压力。实际上，“别人家孩子”也并没有你想象的那么完美，不过是我们这些望子成龙的父母的一个假想人而已。上周和吴萍姐通电话，她儿子家辉你知道的，成绩在四中名列前茅。可就是这样，吴萍姐在电话里唠叨儿子不如别人家孩子，简直算得上是滔滔不绝。等她说完，我问了她一句话给她逗乐了：“你说的这‘别人家孩子’不是一个孩子吧？我看是至少十个孩子身上的优点。”

我们身为父母，盼子成才心切，把自己的孩子放到所有孩子的长处下面去比，希望自己的孩子具备所有孩子身上的优点，孩子们被我们这些父母的高标准比得一无是处，自尊心、自信心全无，这样的“帮助”我实在想不出对他们有什么好处。

安妮活泼、善良，在艺术上那么有天赋，你若是能在阅读上帮她一把，多读些名著，她的艺术造诣定会登上一个新的台阶。给莎士比亚过生日这样的主意，希望对你能有些启发。

再叙！

姐姐

乐读并非孩子的天性

珮嘉：你好！

你来信说你很吃惊国外的基础教育对孩子们读书兴趣的培养是那么执着，你对安妮目前仍没有对阅读产生兴趣而感到担忧。令我感到庆幸的是，你还没有把你的“美意”强加给安妮，若是安妮对读书反感，改变起来将会很难了。

在我看来，你的吃惊和担忧是我们身边很多父母共同的苦恼，我都记不清曾把那份我总结的书目给过多少家长了，现在想来其实问题远不止给孩子们推荐图书那么简单，迫切的还是要让孩子们从心里对读书产生感情，从而使读书成为他们生活中不可缺少的部分。

“别总贪玩儿，快看书！”这是你对安妮常说的话吧。你不觉得这句话表面上看似是家长在履行职责，而实质不过是句懒惰的吆喝。为什么要看书？看什么书？怎么看书？这些问题对于一个10岁的孩子来讲回答起来实际上是很困难的，因此，我们要拿出时间和精力，把援手伸给他们。

前天我在中央公园遇到斯特朗夫人，她告诉了我她16岁的女儿珍妮成为super reader（小书虫）的经历，对我很有启发，我因此而明白为什么在曼哈顿的街道上或是在长岛的海滩会看到有那么多的老老少少都在读书的情景。斯特朗夫人说："其实珍妮原本也是个集中不了精力阅读的孩子，甚至书籍对她有催眠的功效，根据我的观察，我相信珍妮不是有意在和我作对，是她真的从书中找不到乐趣。在她七岁的时候，我就每天和她一起读书，当然是有趣的童话，为了让她集中精力，我会在中间提一些简单的问题让她回答；她认识一些字以后，我们就轮流读书，并一起讨论一些书中的情节，我要是没有足够的时间陪她，而想知道她是否在继续读书并深入其中，我会让她给我复述当天看过的故事或写点读书笔记。好像只有半年的时间，终于有那么一天，珍妮发现读书是那么有乐趣，现在她已经不需要我这个拐棍儿了，阅读成了她每日必不可少的事情。"

上面的故事虽然针对的是幼儿，但对于仍没有培养出阅读兴趣的10岁的安妮来讲，"陪读"仍然是有必要的，虽然这要花去你每天近一个小时的时间，想想孩子即将获得的对读书的兴趣以及阅读对她人生有益的影响，这一小时又是多么物超所值呢。除此之外，我们还要帮安妮找到前面我所说的"为什么要看书？看什么书？怎么看书？”这些问题的答案，因为只有搞清楚这几个问题，读书才有可能成为她终生的爱好。今天先写到这里。

祝好！

姐姐

带着孩子徜徉书海

珮嘉：你好！

首先要帮助孩子解决“为什么要看书”的疑惑。请不要以“书籍是人类智慧的结晶”作为你的开场白，以安妮现在的年龄是无法体会其中的深意的。我们还是应当让孩子很早就知道：人的一生其实非常短暂，而人类几千年的文明是一座内容丰富的宝库，如若我们每个人到生命的尽头对世界的认知仍然仅限于日常所遇到的人和事，而对世间发生过的很多精彩的事件和伟大的思想竟然一无所知或知之甚少的话，那将是何等的遗憾！

书作为人类记录文明的载体，让每位阅读者穿越时空，不仅使我们明白我们现在所处的时代，还告诉我们为什么会有今天以及将来的各种可能性。通过阅读，我们会发现这个世界远比我们平时看到的有趣很多，而孩子们的眼界和内心世界也会因此而丰富，性格也会因此而温良，这无疑会使他们在目前的朋友圈和未来的同事群体中大受欢迎。而更重要的是，通过读书，孩子们会很自然地变得愿意思考，追问生活的本质和意义，从而去寻找更有思想深度的书

WORLD

籍。而世间很多伟大的思想往往源于此。

第二个要解决的问题是读什么样的书。

我们平时遇到情况最多的是孩子们在传看或相互推荐当下的流行读物。记得我们小时候流行的是《丁丁历险记》，孩子们现在好像是《名侦探柯南》。若没有更好的选择，把这样的读物当作“开卷有益”中的“卷”也未尝不可。开卷有益，我认为古人讲的仅仅是一种生活方式的选择，并非我们通常所解释的只要是读书，无论什么书，对人都有好处。尤其对当下的出版物市场更是要加倍防范，制造精神产品的人群中是从来不缺少愚者和奸商的。前几年在孩子们中间盛行的《阿衰》真是让我周围的家长震怒不小。我是做编辑工作的，对此深有体会。我所见到的普通读者最常犯的错误往往是选择风靡一时的畅销读物给孩子。但据我的经验，凡是擅长写作合乎众人口味的作者大都不在我们所推崇的智者之列。那么，父母又该为孩子如何在选书的事情上导航呢？

首先你要帮助安妮找到她最感兴趣的且对她身心发展最有用的事情是什么。要知道，对自己意图清楚的认识是最能激起阅读欲望的前提。而求知欲所赋予图书对孩子的吸引力远比父母的任何劝诫要显得更加有效。因此，这个确定选题的过程十分重要，也许需要多次反复。如果你们在书架前拿不准该选择哪本书，你的目光不如直接投向那些已有定评的名著，说不定哪里会有安妮的兴趣，即使暂时没有，带她在优秀的作品中徜徉也是个不错的活动。

另外，把王佐良先生翻译的培根的《论读书》推荐给你，你可以在网络上查到，希望能对你有所启发。

祝好！

姐姐

诱导孩子读书的妙招

珮嘉：你好！

好久没有给你写信了，刚刚电话里听到安妮阅读考试晋级的好消息，真是为她高兴，想必也有你这个“陪读”妈妈的功劳吧。你要借此机会帮她登上更高的台阶。这也是我要在这封信中回答你的第三个问题——怎么让孩子爱上读书以及如何读书？

还记得当初我是怎么让七岁的琳达爱上《丁丁历险记》的吗？在她五岁的时候我就盘算着把她手中的日本动漫“夺”过来，硬来当然不行。起初，我企图利用那套《丁丁历险记》使她喜新厌旧，可情况并不像我想象的那么顺利，书买来了，琳达却并不买账。无奈之下，我只好抓她爱看动画片这根软肋了，又去买了丁丁的光盘，伺机搞我的“文化颠覆”。奏效了，终于有那么一天，日本的动漫缴械了，琳达成了超级丁丁迷，结果是：除了熟读《丁丁历险记》的中文版，为了更准确地领会作者初衷，英文版和法文版琳达都会仔细研读，此外，丁丁所到之处的地理、历史、社会人文以及作者埃尔热的生平和访谈录一概都被她收入囊中，围绕丁丁，琳达真是涉猎了不少知识。你还记得吗？为了书中的那个木兰萨（Moulinsart），我们去年假期的法国之行差点拐到了比利时。

通过上面的例子，相信你已明白我要表达的意思了：对于同一个事情的兴趣，父母可以引导孩子们从不同角度阅读书籍。这既有利于他们养成全方位观察事物的习惯，同时还锻炼了他们从众多的读物中检索和筛选有用书籍的能力。

上面的例证中还有一层意思不知道你是否有同感——只有带有一定期望和目标的阅读才是令人产生激情的阅读。耶鲁大学的诺亚·波特校长曾说过这样的话："任何一个人，只要他读故事的目的是向另外的朋友讲述那个故事，或是读一篇论文的原因是为了在辩论中引经据典，要么读一首诗是为了获取某种意境……只有带有一定目的性的读书方式才是最有效的。"

在阅读的过程中，为了搞清一个问题，我们可能需要牺牲些时间和精力，陪孩子们去图书馆查阅资料或是登门请教老师，千万不要以为这是在浪费时间，相反，这是非常值得做的事情。长途的跋涉会强化孩子追求真理的执着精神；从图书馆纷繁的书海中寻找那本急需书籍的同时，孩子也许会与更伟大的思想邂逅；当问题陈述给老师的时候，孩子们会惊奇地发现，同样的疑惑竟然在几百年前就曾盘旋在一个人的脑海中……

关于读书，我觉得已说得很多，作为一名职业编辑，我自觉已丧失了很多原本拥有的对阅读的冲动，转而专注于作者的疏漏，美其名曰“审读”，其实好多时候只是在修炼其中的一种功夫——“审”而已。说来你有可能不信，在审阅书稿的时候，我失去的偏偏是自己做编辑之前曾经钟爱的“读”，道理很简单，为了工作我不能挑选自己感兴趣的书籍。

今天先写到这里，别忘了转达我对安妮阅读晋级的祝贺。

祝好！

姐姐

告诉孩子人人都会说谎

珮嘉：你好！

电话里听说你为了安妮的一次说谎而惩罚了她，当时的我都能感觉到你的焦虑和气愤的心跳。是啊！所有的家长都很反对孩子撒谎，讲实话应是最基本的底线。这个要求看上去确实无可挑剔，谁都愿意自己的子女拥有诚实的美德。而我想问的却是：在你对孩子的谎言表示无法容忍的时候，你是否还能想起自己也有过说谎的经历呢？

其实任何事情的存在都会有它存在的道理，说谎的行为也不例外。如果“说谎”能比“讲实话”使自己被伤害得更轻微，或是得到更多的现实利益，那么，那些不谙世事的孩童或是短视的成年人便会选择说谎，因为他们看不到更远的好处——被人信任会得到更大的利益。回望我们的成长历程，不是有很多这样的例子吗？

今天我们忽然为人父母，瞬时站到了孩子们的对面，似乎全然忘记了自己曾经同样无知的成长经历。殊不知，你的愤怒只强调了说谎的耻辱，作为一个引导者，你却没有让孩子体会出做一个诚实的人的快乐，要知道，教育的目标是使人变好。这里，我给你介绍一件发生在河南省鹤壁市淇滨中学的事情，希望你能从中得到启发。

一天上午，在一个有着59名同学的班里突然丢失了4000元钱，这钱原是全年级师生给贫困孩子所捐的善款。4000元，在那个地区不是个小数目，而出乎所有人意料的是，老师并没有对这件事马上进行调查，而是发给了每名同学一个黑塑料袋。她叮嘱同学们好好考虑，如果哪个学生一念之差犯了错误，下午就把不该拿的钱放进黑袋子，没拿钱的学生要用报纸把袋子装满。

下午上学时，全班59个孩子一个个轮流进入教室，把鼓鼓囊囊的黑塑料袋投进了教室一角的捐款箱中。看着59个黑色塑料袋都投进了箱子后，老师和孩子们又一个个将它们拿出来打开。没有！没有！眼看着就剩下最后两个塑料袋了，奇迹在老师发抖的手指尖出现了，4000元钱赫然入目，一分不少！

对河南的这位老师我非常敬重，她不仅让她的学生感到了说谎的羞愧，还让这个学生，确切地讲是59个学生，体会到做一个诚实的人是多么美好，这才是教育的艺术。

祝好！

姐姐

用烧焦的苹果代替呵斥

珮嘉：你好！

来信提到，安妮很严肃地问你，为什么她不能像她的外国同学那样穿耳孔。希望你没对安妮发火，其实这是个好问题。

我的邻居陈教授家的小孙子曾经对火焰很感兴趣，对于一个五岁的男孩儿这是很危险的，几次家中的险情真使教授一家苦恼了一阵子，孩子父母的呵斥也没有奏效。最终，陈教授的夫人想出了办法：她把一只新鲜的苹果贴向滚烫的炉壁，小孙子看到瞬间被烧焦的苹果皮后，再也不去玩火了，因为他知道了他的小手若被烧到，和苹果皮的后果是一样的。

上面的例子我是想告诉你，对孩子的否定不能仅仅停留在说“不”的层面上，发怒固然很容易，但往往不能解决问题，难度在于让孩子知道为什么选择不去效仿，进而该怎么做。

其实，在北京读书的琳达也有类似的烦扰，她曾不止一次地抱怨她们学校每日必穿的、样式难看的校服。家长会上老师解释“为的是让学生们不在穿戴打扮上分心，从而更专注于读书”。花季的孩

子有自己的审美取向其实是很正常的心理，况且运用得体的穿戴打扮也是一种自我能力的体现，难道只有读书的能力需要发扬，其他方面能力的培养一定要让位吗？而安妮的外国同学穿耳孔、涂指甲油，冬天穿短裙的做法也是我们难以接受的，其实你可以指给安妮看，是不是所有的同学都会穿戴得这么酷？

孩子在建立自己人生目标之前是很容易被生活中一些肤浅直观的东西打动的，这是天性和本能。但是我们也会发现，如果他们一旦产生了某种对未来的愿望，比如说健康，他们便会自觉克制对有害食品的摄取，你没觉得琳达和安妮现在不那么热衷那些五颜六色的棒棒糖了吗？因此我觉得事情的关键不是去争论上学时的穿戴问题，而是帮助孩子认清今后的人生目标是什么。如果安妮的理想仍是像自己的妈妈一样做一名记者，显然眼前那些穿拖鞋、戴耳环的“利益”是一定会被她自己否定的。

祝好！

姐姐

与孩子一起认识社会

珮嘉：你好！

刚才你的宝贝女儿安妮直接从纽约给我打电话，让我帮她想想咱们家祖辈里有没有像作家或科学家一类的大人物。我一面忍住笑，一面问她怎么想起问这个。她说巴顿老师让她们下周交一篇讲演稿，题目是：特殊的人。安妮说她的同学大都写的是自己的祖父母，而且非富即贵，而你却坚持让她写咱们的奶奶。安妮说：Great Grandmother（太祖母）是很伟大，但她不熟悉，她很难在十分钟之内把中国农民的艰苦生活描述清楚并让她的伙伴理解。

我很高兴安妮能把电话打给我。她的困惑和担忧不是没有道理的，在西方的确会有血统论一类的意识存在，她生活在外国人中间有这方面的考虑也是可以理解的，毕竟俗人多于圣人。

诚然，咱们的奶奶的确是位伟大的人，把咱们的父辈培养成才，惠及你我乃至安妮、琳达一代，但要把这样深刻的生活哲理让10岁的安妮用英文表达给她同龄的外国同学并使他们接受，这显然太难为孩子了。

我知道你的出发点是好的，让孩子们了解美好的生活需要努力奋斗才能得来，但美国的校园文化确实有它独特的一面，在安妮所处的学校里毕竟生活富足的白人居多，这些洋人孩子虽然天真善良，但让他们在短时间内理解20世纪初中国农民的艰辛恐怕是不切实际的一厢情愿。所以我觉得孩子有心理压力是很自然的。记得去年，电话里安妮曾委屈地告诉我，一天中午，她想使用学校茶室的微波炉热热她的午饭，而生活老师对她皱眉并问："为什么我们可以吃冷的，你们东方人就不能？"安妮说，那天的饭虽然那个洋人老师给热了，但从那以后，她中午再也不愿意带她最喜欢吃的鸡蛋炒米饭了。

生活中很多理论不乏正确，但有可能在某种环境下行不通或是需要等待一个合适的时机方能恰当地表达。从孩子演变为成人是需要时间和耐心的。这次你不妨放下家长的架子，坐下来与安妮平等地交流一次，像对待成人一样和她讨论有关富贵贫贱的话题，兴许她会改主意而赞同你的建议呢。

祝好！

姐姐

让家长不安的素质教育

珮嘉：你好！

昨天来信中你提到安妮在学校的学习和国内的小学大不一样，没有统一的教科书，教学看上去几乎无章可循。所谓启发式教学也尽是些看不见摸不着的没有正确答案的东西。你的担心我非常理解，因为琳达目前在国内就读的中学也逐渐在向这种“素质教育”方向转变。

昨天，我刚刚开完琳达学校的家长会，你知道吗，这可是个名副其实的家长会，完全不是以往咱们见过的模式。主说的不是讲台上的老师，而是坐在孩子们小椅子上的家长。之所以有如此颠覆性的改变，原因只有一点：学校的教学方式从原来的应试教育真正转向了素质教育的轨道，而这种改变从开学至今仅有两个月的时间。就是在这短短两个月后的今天，我们这些原本为素质教育摇旗呐喊的前卫的学生家长，此时竟然个个像是被夺了拐杖的跛脚先生。原先总抨击中国的基础教育管得过于死板，什么题做得多呀、光看分数呀……嫌拐杖累赘，如今看来，没了这根不中看的棍子，心里还真有些发毛呢！于是乎，本来是老师主导的家长会，俨然变成了老师答家长问的“记者招待会”了，主题是：素质教育中看，也中用吗？

从近代西方国家较之我们在自然和人文领域更先进的发展水平这一结果看，西方人所遵循的教育模式客观地讲，应当比我们“追求正确答案”这一模式更显中用。毕竟世界的进步更多依靠的是人的创造性而非熟练地演算和记忆已有的发现。你在国外担心安妮学校这种没有作业、没有排名的教学模式显然是受了国内旧有教育模式的影响，其实，在我们这里只追求分数的大众理念，在西方却只是小众观点。而对于我们这些在国内曾经极力推崇西方教育模式的中国家长，今天又回过头来想取回应试教育的拐杖的现象，亦是小众欲回归中国教育大环境的真实而尴尬的写照。

人生活在社会中，在很多时候是不能以是非来决定行为方式的取舍的，在个体无法改变社会环境的状况下，我们能做的是在等待中看清方向或是流动到优质的水域中去。显然，安妮已置身于优质的水域。上次去纽约我曾去过安妮的小学校，教室简朴得让我难以想象，而更让我好奇的是老师给孩子们留的家庭作业，题目看上去没什么深奥的，甚至应当说是很浅显：乔治・华盛顿的家庭及其成员的情况，生长地的所在及美国那个时期的社会状况……当时，我生怕安妮自己答这些题目会输给她的洋人同学，于是马上在网上找到了正确答案打印出来，交到安妮手上。你猜怎么样？小家伙没有像以往在国内时那么如获至宝地对待我的劳动成果，反而是面有难色地对我讲："姨妈，谢谢你的好心！不过，我要是用了你在网上搜到的答案，老师会让我提供出处，我若说不出是在哪本书上的第几页查到的，就惨了。"此话出自一个10岁顽童之口，着实令我这个长辈汗颜，就此我也猛醒西方严谨的学术态度原始于此的道理。反思我们这些中国式家长对孩子学业上的所谓帮助，或是不惜金钱把他们送进课外班，或是强迫他们拿回名列前茅的成绩等。细想想，我们有多少苦心和爱是放在有助他们成人的节骨眼儿上呢？所以，在我们身边出现类似学术诚信、严谨让位于好看的分数和名次的现象并不是很意外。其实，使孩子们具备优秀的品质，对于将来走向社会的他们来讲并不比学科知识的掌握更简单。西方在此方面的教育是很值得我们反思的。不知我的信是否能减少你的忧虑？

祝好！

姐姐

快乐教育的背后

珮嘉：你好！

来信两天前就收到了，你是在为安妮生活的闲散而苦恼吗？的确，从国内转到国外念书的孩子都会遇到这样的转变。对你焦急的心情我非常理解。看着国内的学生都在争分夺秒地念书，孩子若是在国外这样闲下去，可就不是输在起跑线上的事情了。

其实你的担心是多余的，国外的教育与你表面上所见很是不同，洋人的孩子并没有咱们看到的那么闲。中外教育相比较，中国的教育是以书本上的理论学习为主导，师傅不但要“领进门”，之后还要逐项安排，手把手地落实孩子的“修行”。学生不用太动脑，老师布置的作业会把他们的所有时间塞满，他们只需沿着铺好的轨道走就可以。在国外不同，西方人更重视学生自主“修行”的部分。斯特朗夫人曾告诉我：在纽约，珍妮从小学到中学仿佛都在接受着学校不断提出的一个问题——你到底将来想做什么？为了回答这个问题，孩子们会不停地去尝试选择和研究自己感兴趣的学科。也许有的孩子几年间更换了很多理想，甚至曾经选择的几个领域称得上八竿子打不着，但这没关系，学校不但允许，还会想方设法提供帮助，关键是让孩子们总能保有自主选择的进取态度。这样看来，人家洋人可真没让孩子闲着，不但没闲着，比咱们只安排孩子们做题、补课的做法，手段要高明和隐蔽很多。你还记得安妮数学课那次几何题闹出的笑话吗？安妮算出的木料由于没考虑榫的长度，所做的椅子，成了一坐就塌的“娘娘架”。仅此一次，几何的妙用马上就显现在孩子眼前了。

此外，据我了解，美国的大部分学校实行的是走班制和学分制，斯特朗夫人的女儿数学成绩好，所以在九年级上数学，语文差些就上了八年级的语文。她说，表面上看都是A的成绩，实际上是不一

样的内涵。她还告诉我：西方的教育比起中国的教育有很大的不同，他们更重视阅读和研究性思考，所以，要想在学校得到高的评价，美国孩子睡得也是很晚的。

你看到安妮的课余时间比在国内更空闲，实际是一种误会。也许是我们这些初来乍到的中国家长还没有真正了解洋人老师“师傅领进门，修行在个人”的意图。事实上，洋人的快乐教育并不像我们先前想象的那样闲散和简单。师长的引导就像是给钟表上足了发条，小孩子就像是表盘上的时针，有动力自然就会按部就班地往前赶。孩子们要想真正做得出色，反而会更辛苦。我们中国的教育方式，比如给孩子报补习班、给他们布置更多的练习，更像是直接拨动表盘上的时针。短期看，考卷的分数要漂亮许多；长远看，对孩子的最终成长是很不利的。

再叙！

姐姐

贰

经过和洋人交流才知道，他们的假设是小孩子并不无知，我们成人的一言一行都会扎根于他们的心间。

安静的习俗是怎样炼成的

珮嘉：你好！

上次来信中谈到你对华盛顿小学校的第一印象是洋娃娃们都很文静、自信，对此我很有同感。在美国的博物馆里参观，见到的常常是小孩子们一反平时活泼过度的样子，安静而专注，包括类似听音乐会、参加教堂典礼这样的活动，举手投足，都得体得让人起疑。有时我甚至想：平日里，洋人的孩子都挺能“反”的，是不是干正事之前父母给什么药吃了？

说到这里，我不禁想起去年我们单位出国时的一个笑话。我们的领导在行前动员会上特别强调，“到了欧洲要特别注意说话的声音，人家西方人最看不惯我们中国人旁若无人地大声喧哗了”。结果，在巴黎的机场，就这位领导说话的声音最大，搞得大伙一起被洋人“翻白眼儿”。

那件事情给我的触动很大，一个在我们看来算得上是高素养的知识分子出身的领导，在明知公共场所大声讲话是很失礼的情况下，仍然不能自持，原因何在？从那以后，一到国外，我就会有意无意地关注洋人那种低声说话习惯的由来，但看到的却往往都是现象，直到这次去美国，我自觉终于发现了一把解决我这个疑惑的钥匙，那便是——影响的力量，而且是长期而耐心的影响。

在纽约的时候，正赶上春节，我包了饺子，送给邻居迈克家一盖碟儿。出门的时候，三个孩子都被他们夫妇不厌其烦地一个个从各自的房间中叫了出来，学着父母的样子，像小大人儿似的过来道谢，规规矩矩的做派和平时的他们判若两人。不禁暗笑，我可见识过这三个孩子在游乐场怎么“猴儿”的模样。这下可好，送出了饺子，我却收获了个大大的问号——是不是所有的家庭都如此这般呢？直到今年夏天，一次偶然的场景被我遇到，似乎才使这个疑问的解开有了些眉目。

8月的一个下午，我到华盛顿国家艺术馆参观，正被艺术馆的安静搞得昏昏欲睡的当口，展室里突然传出一个两岁左右小孩子的哭声，这样的声音出现在西方的艺术馆，令人诧异的程度可想而知，我顿时被吓醒，并怀着浓厚的兴趣准备观赏这有趣的“展中展”。这也是我在国外很少遇到的他们白人世界的尴尬。在所有在场人惊奇目光的照射下，小孩子被那个很绅士的父亲匆匆抱下座椅，像是尊小佛像似的被请到了展室一侧的石阶上。出乎意料的是，他并没有用我预想的高一些的声音有效地压倒孩子的啼哭，而是焦急地对着满脸飞泪的儿子发出微弱的“安静”指令，其表情可谓诚恳之至，

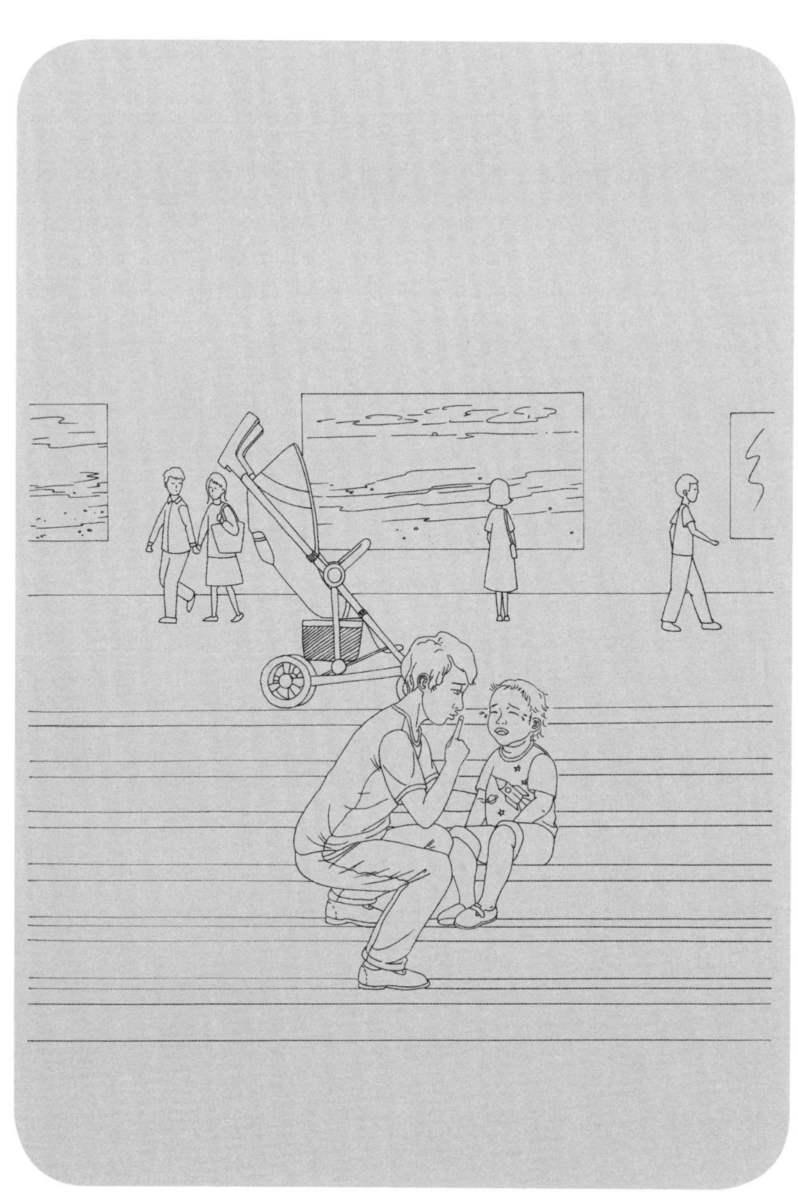

样子更像是在祈祷。可那小孩子哪里懂得他老爸的处境，坚持着他“大哭”的立场。看到这一幕，我先是觉得这场面滑稽，心想，这要是在俺们那儿，妈妈一声呵斥，再加上给屁股两巴掌，一切便可瞬时搞定。

时隔数月，现在想来，我那种能很快地控制小孩子“捣乱”局面的“快捷方式”，严格说并非教育；而那位美国父亲看似无能的请求倒是包含着我们中国那句“身教重于言教”的古训。后来，经过和洋人交流才知道，他们的假设是小孩子并不无知，我们成人的一言一行都会扎根于他们的心间。

因此，若使我们的孩子今后真正融入西方环境，单是从“在公共场合自然地安静下来”这一点看，家庭对孩子的影响才是正根儿。不是从娃娃做起，而是要从父母做起。

再叙！

姐姐

说再见很难

珮嘉：你好！

听说安妮还在因为苏珊老师的离职难过不已。苏珊老师的确是个大好人，对待孩子们总是慈眉善目的模样，换了我也不舍得她离开。不过，安妮总是这么整日闷闷不乐也的确让人担忧。

我在纽约图书馆曾见到的一本英文儿童图书，书名叫《说再见很难》，上面给孩子们列举了很多人生道路上一定会遇到的别离，比如搬离原来的社区，离开要好的朋友，埋葬自己的宠物……这书看上去很浅显，但深想起来却是很哲学。正如书上所列举的那样，其实人生的每时每刻不都在经历分别吗？

告诉安妮，分别时虽然很难过，但却是一种常态，就像日出日落，花开花谢，所有的美好都不可能永恒，这一点让我们懂得要珍惜当下所拥有的一切，友情、亲情、健康、快乐……不要等到这些珍贵的东西即将逝去的时候，再去后悔曾经对它们的无视。

除此之外，我们更应当让孩子知道，生活向另外的状态推进就是因为人们懂得要“放下”那些不属于自己的东西。比如说，我们

因为某种原因无法和我们喜爱的人一直相守，在这个时候我们最要克制的是沉溺其中的情感。如今，安妮对于和老师的友情尚在可控的范围，若是今后孩子遇到儿女情长的大风大浪，“放下”的选择便要算得上是拒绝沉沦的壮举了。由此可见，我们把“敢于放下”这支预防针及时注射到他们的脑子里是多么重要。

这些开导也并非只是为排解安妮的离愁。前天，恰巧在八大处邂逅钱教授夫妇在散步，他们失去儿子小伟只一年，看上去已苍老得难以相认，触景生情，才引出这许多话来。当年的小伟，仅仅就是因为没能和女朋友一起考上理想的大学，就觉得天塌下来了。其实，生活哪里有什么过不去的坎儿呢？

早早地告诉孩子，懂得“放下”并不是意味着失败，而是人生选择的一种方式，是另一种勇敢地面对。说“再见”很难，但拿出勇气，主动地说出“再见”二字，体现的则是人所独有的理性之美的特质。这一点对于安妮今后的人生很重要。因为孩子们将来要“放下”的还不仅仅是珍贵的友谊、倾慕的恋人。人生莫测，世事无常，放下的名单中也许还会有钟爱的理想、学业、事业……

再叙！

姐姐

享受闲暇与“吃苦”同等重要

珮嘉：你好！

上次刚和你说了关于如何看待美国学校管理“闲散”的话题，今天又收到你告安妮贪恋上网的“状子”，其实这又何尝不是我的烦恼呢？琳达在北京还不是一样吗？你这个信写得好，两个孩子的问题可以一并讨论。

你说的这个事表面上看是网络给我们带来的烦恼，其实要回答的却是：我们应怎样帮助孩子们处理闲暇的时光？从某种意义上讲，这不仅是孩子现在要面对的，也是我们自己和今后他们一生要处理的问题。

你的烦恼让我想起最近在网上看到的一个问题——你的一生可以有多少时间浪费在网络上？是啊！就我们这些常年宅在电脑边的上班族而言，下班后的闲暇不也是必和电脑为伴吗？记得几年前，与一位法国学者喝茶，问起他所研究的领域，当时他讲，正在撰写“互联网对人心理和行为方式的影响”的论文。我对他这个话的第一反应便是——法国民风浪漫，就连学者的研究都是那么不着边际，而七年后的今天，想起这些，竟有种被那个理论网住的感觉。

你不要误会，网络的好处众所周知，我所要表达的也并非对网络的痛恨，网络成为“玩具”只是个时代的印迹，就像上世纪八九十年代风行的麻将牌一样。还记得我住院时和我一起住“高间儿”那个富有的林茵吗？每每电话我，必言“闲得都抑郁了”！我时常在想，父辈从来都是教育咱们如何为生活吃苦奋斗，而如今，当生活的重担不再那么沉重，我们又应当如何处理我们前半生梦寐以求的闲暇呢？

“窗临水曲琴书润，人读花间字句香”，这是清朝时，38岁的诗人李渔为自己未来安排的生活图景。虽然我们没有亲眼见到，却能深深体会。这样曼妙的憧憬相信不是李渔成年以后的突发奇想，那么，幼时的熏陶和教育应当是这种享乐主义人生观的基础。这里所说的享乐主义请不要误会成坐享其成，我指的是享受人们辛苦创造的美好生活的意思。细细想来，其实，安排闲暇比辛苦劳作更需要我们倾注思考。这让我想起梁实秋先生曾讲过的话：“人在有闲的时候，才最像是一个人。手脚相当闲，头脑才能相当地忙起来。”

安排好闲暇是人们追求精神生活的能力。如若我们一旦拥有时间和物质条件，我们一定要怀着一种珍惜的感情去消费这些来之不易的财富。要让孩子们懂得，对身心有益的休息可不是周末的蒙头大睡，放松的方式除了上网玩游戏还有郊游和锻炼。一个有教养的人不仅应当会积极地工作，还应当采取积极的行动去休息，而休息的形式是多样和有序的。那种成天宅在家里只与电脑为伴的生活，看似是足不出户而知天下的大好事，用那位法国学者的话说“实则是懒惰滋生的温床”“窃取人类生命的盗贼”！是啊，我们有多少生命可以浪费在电脑上？这与父辈们对那些沉迷于麻将桌旁的晚辈的叹息又有何分别呢？

昨晚我和琳达就这个话题聊了很多，女儿对我的表述很是惊奇，因为以往的我总是皱着眉头把她从电脑旁赶走，而不会善意地告诉她应当做什么更有趣的选择。现在想起这些，自觉十分惭愧。

我很庆幸收到你的这封信而使我反省，能在孩子们年幼的时候就及时地告诉她们：对于生活，不仅要做好吃苦的准备，同样重要的是，还要努力培养自己享受生活的能力。

此外，我和琳达罗列了一个闲暇时光的清单——社交、烹饪、读书、弹琴、园艺、去博物馆、定时的锻炼、写生、郊游、写作……我们还在继续，不知你和安妮是否能想到更多享受闲暇的方式呢？

再叙！

姐姐

"偏航"的引导

珮嘉：你好！

上封信刚刚是你兴高采烈地告诉我安妮在纽约拿到了声乐晋级考试的证书，今天的信却又透露出些许无奈。我理解你所说的，相比周围的孩子，安妮的证书确实相形见绌，不值一提。

你的这个烦恼其实也曾是我在选择女儿成长路径时的困惑。好在琳达现在已被北京很好的高中提前录取了，才使我给你的传道积攒了一点点资本，不然，你是断然不能相信我那个独善其身的"不着急"理论的。

很多人都认为大的成功是由很多小的成绩所构建的，我却不这么看。相反，我觉得很多时候，一个取得了非凡成就的人恰是放弃了眼前小利益的一个结果。这叫耐得住寂寞，我管它叫"敢于落后"。做到这一点当然是需要足够的自信和胆量的。

琳达从幼儿园到小学再到中学，除了正常上学，我没让她额外补习过功课。她的课余时间完全是自主安排那些与她的兴趣相连的诸如阅读、弹奏钢琴一类的闲事儿。对于这种"敢于落后"的做法，周围的朋友表面上夸我们有勇气，某报社的记者甚至称赞我是“另类家长”，但这种家庭教育方式却没有人敢去效仿，甚至在琳达此次成功考取京城名校之后，我的经验仍不被周遭看好，他们宁愿相信是琳达的天赋成就了她的今天，而不是我的“不着急”理论。

别家的事我不能强求，而于你，我亲爱的妹妹，姐姐以下的话你一定要仔细思考，无论是对孩子还是对于我们自己，大都适用。

在我看来，生活就像是缓缓流动的河水，更多的时候是对石子的打磨，一生默默无闻于世间应是生活的常态。纵然有些石头被陶冶出精良的品性，出人头地也不是必然的结果。我们不要总是妄想能不间断地进步，人生的道路绝不是我们日常所见的那种一直向上的楼梯，而是上上下下、峰回路转的崎岖野径，因此，保持一种持久的耐心和韧性才更显力量。

人生毕竟是长跑，以短跑的方式去完成它是断然行不通的。在琳达学校的一次家长会上，陶西平先生曾这样讲：在人生的跑道上，比的不是谁跑得快，而是谁跌倒后爬起来得更快。亲爱的妹妹，这个观点你一定要牢记，这对于孩子们的成长十分重要。如果教育仅仅是向孩子们宝贵的童年和青春索要那些装潢考究的奖状和证书，我们这些师长则真可称得上是个偏航的引导者了。

当然，我的愿景和你看到的中国教育的现实会有很大差距，你会说我是“小众”观点。但在中国是大众的，在世界还真不一定是主流。这一点，常年工作在国外的你应当比我更有体会。你不是认识很多在学业和事业上卓有成就的大家吗？有机会你不妨向他们请教一下，推动其前行的会不会是那些儿时的证书或奖状？我们作为孩子们成长过程中的引路人，应以最大的诚意和耐心把孩子们的分分秒秒平静地放回到他们人生的长河中去，这才是我们身为父母应当为他们做的。

再叙！

姐姐

妈妈为什么爱吃鱼骨头？

珮嘉：你好！

好久没有收到你的信了，你带给琳达的书和她最爱的辣椒味儿的巧克力昨天刚刚收到，谢谢！你总是那么宠爱她，她哪里用得了这么多东西。

说件琳达的趣事给你这个姨妈听听。上周午饭的时候，琳达一本正经地指着盘子中的红烧鱼好奇地轻声问我："妈，你为什么那么爱吃鱼骨头呢？"这个意外的问题马上招来了全家的哄堂大笑，而这笑声同时也吓醒了琳达的天真，她马上意识到是自己误会了我的苦心，很是难为情地跑开了。

前天，我陪咱妈去拜访她中学时代的老校长，席间又说起我爱吃鱼骨头的这个笑话，没想到老校长不但不吃惊，还回敬了一个发生在她自己身上的往事：老人家说，当年她也曾问过母亲"为什么爱吃苹果皮"的问题。想想这两个发生在我们身边的笑话，跨越了半个多世纪之久，竟然是这么惊人的相似，其中的深意令人反思。

平日，我们总会把干净的衣裤摆在孩子的眼前；做好可口的饭菜请他们来享用；我们还会不自觉地接过孩子肩上的书包，甚至觉得剔鱼刺、削苹果的活儿对于我们这些做家长的，简直是一种天赐的享受。

几个月前，我在鼓楼旁边的麦当劳遇见一个爷爷带着三岁多的小孙女买午餐，小姑娘因为点的食品里没有米饭而对她的爷爷拳打脚踢大发脾气，可老人家不但没有丝毫不快，竟然还是笑呵呵地面对着自己的爱孙：“长本事了，小拳头多有劲儿！”

在美国，我见识过富家子弟做清扫地毯的苦力活儿，而在国内，见到更多的则是全家六个长辈围着一个孩子宠爱的情景。在这种氛围里成长，孩子们自然无须知道洗衣的方法，饭菜的来历，更不必以尊重他人为前提换取别人的尊重。“鱼骨头”和“苹果皮”两件趣事的发生虽然相隔七十年之久，但折射出的中国家庭文化的景象却是何等的雷同。

之所以为这个事给你写信，也是想让你和我共同探讨一个问题，那就是母爱的界限何在？我们在爱护孩子的过程中应当止步在一个什么位置才是恰当的。我想这不仅仅是我，也应是你，乃至更多的中国家庭应当反思的问题。与西方教育相比，在很多时候，我觉得我们很是欠缺把孩子们当作平等的人来对待的意识，而是常常把他们当成宠物来养活，我们只顾享受那种“剔鱼骨”的天伦之乐，却忽视了考虑孩子责任感的培养对他们人生的意义。

“宠儿”一词有名词和动词两个词性，如果说当它是动词的时候，对于全家还是种享受，那么当它有朝一日成为名词，便成了一种结果。这样的结果若是发生在我们身上，我们以往为孩子们所付出的心血不都功亏一篑了吗?

本是给你讲讲琳达的趣事，没承想却引出这许多的议论，也不知你是否能有共鸣，但愿我是杞人忧天吧。

再叙!

姐姐

发火儿就给你不高的“分儿”

珮嘉：你好！

安妮昨天从纽约来电话说，最近她的好友艾米丽学会了一句有意思的中国话。说是当你给安妮讲数学题不耐烦的时候，艾米丽会在一边对你用中文说上一句：“Aunty（阿姨），发火儿就给你不高的分儿。”

嗨，没想到在国内的老毛病还是被你带到了国外。你给安妮讲数学题，一向以埋怨开始，愤怒收场。题没讲懂，孩子的求知欲也被你的责怪搞得一点点地减退了。当然，我很理解你为孩子着急的心情，但我也希望你能站在安妮的角度想想：她存在学业上的困难，本身自己的心情就很沉重，人家希望你这个妈妈伸出援手，你的重心却偏离到责备孩子“怎么这么笨”上来了。

对安妮提出问题的举动，作为母亲的你首先要怀有宽厚之心。孩子之所以能把问题放到你的面前，首先是人家对你投了信任的一票，相信你会帮她，也相信你有能力帮她。你怎么能用喋喋不休的责备回敬孩子的信任呢？我不止一次提醒你，孩子之所以没听懂你的讲解，除了“笨”这个因素，你是不是也能从自身找找原因呢？或许是你的表达水平有问题，或许是你根本没有把问题搞得十分透彻。其实这些原因都不重要，重要的是你要善于换位思考。回忆一下你我的学生时代，不也是这样磕磕绊绊地在师长的搀扶下走过来的吗？不瞒你说，现在的我还清楚地记得，当年是怎样不耐烦地对待妹妹你提问的态度呢。回想起这些，至今心里还会隐隐作痛，后悔不迭。

我要告诫你的重点在于，在向孩子提供帮助之前，首先应当自我教育，厘清思路，扩展胸怀，之后才可从容行事。一位想搭救他人的救生员，除了自身拥有过硬的游泳技巧外，他还需知道救助别人的方法和步骤，这同时也是给予对方信心的前提。之所以大声对孩子呵斥，背后常常是我们这些家长不能控制局面的一种情绪表现。不是吗？那些对教育充满自信又很有办法的母亲是大可不必如此失态地对待她们年幼的孩子的。

此外，我不知道你注意到没有，安妮的伙伴儿艾米丽之所以能说出“发火儿就给你不高的分儿”，并非一句偶然的童言，而是洋人在教育孩子的过程中所留下的一个印记，很值得我们中国父母深思。我们在给孩子授业解惑的同时，另一个重要的使命就是要在他们面前展现教育之美，引导他们学习正确的思考和行为的方式，而不仅仅是让他们从我们这里得到一些题目的解法而已。

再叙！

姐姐

地球为什么是圆的?

珮嘉：你好！

昨晚看到你的求助短信，说一定要我帮着回答：地球为什么是圆的？如此可爱的问题，一定不是我们这些忧虑的中年人的手笔吧。我猜这个问号一定是安妮画出的。很高兴，你并没有为了偷懒把“地球为什么是圆的”归功于上帝的创造。

为了替你分点忧，我今天起了个大早，企图在琳达平时爱看的那几本天文书中找到答案，结果一无所获。无奈，只好上网查，上面讲：地球之所以是圆的，似乎和地球自转所产生的离心力以及万有引力和张力相关。确定的说法是不是这些也的确很难知晓。掸掸手上的土，扫兴的同时转念一想，为什么一定要找到这个问题的答案呢？这样的奇思妙想所期待的回应也许并非答案本身。

力学理论虽然在生活中随处可见，但在树立父母博学的形象上，其实帮不了我们太多的忙。你我一向追求父母不能被问倒的境界，换句话说，师长的尊严是建立在“我们要力争‘全对’”的基础上的。我们平时用肯定的口气对孩子说教，为的是让他们的脑子里一定要拥有信任我们这些“权威”的惯性。为了能成为孩子们心中的“不倒翁”，每当为他们答疑解惑的时候，我们都会全力倾倒出大脑中的储备。而在孩子成长的过程中，其实好的帮助并非如此。咱们从布满灰尘的科学书中搬来牛顿和开普勒，初衷虽不是吓唬孩子，但据我观察，他们的确是受了不小的惊吓呢。

面对孩子的提问，我想，大多数问题的答案我们心中是有数的。但越是在这个时候，我们越是要尽力避免用权威的口气为孩子答疑解惑。如若我们仅仅醉心于为孩子们提供某些问题的正确答案这一层面，安妮就会不自觉地停在对父母的信任或是崇拜的感情上，无疑会因此丢掉主动探索的精神。解释了“地球为什么是圆的”，却冲淡了孩子们自我挖掘真理的意识，他们便不会深究“苹果、橘子为

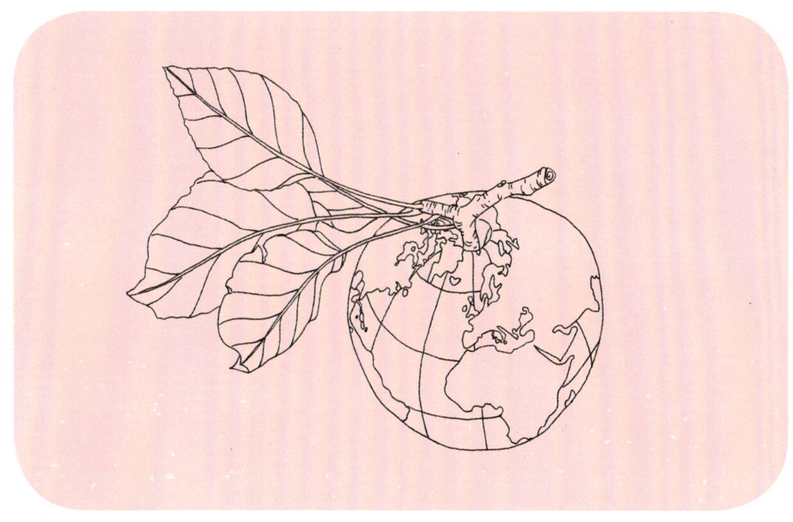

什么也都是圆形”的道理，也就是说那些沉睡在他们头脑中的灵性仍然没被我们唤醒，我想，这样的帮助算不上明智。父母并不是本写满答案的辞典，而是引领孩子们向前探索的一盏灯。这样看来，给出正确的答案不急，激励孩子去探索、质疑才是你我的正事。

再叙！

姐姐

去冒险的理由

珮嘉：你好！

来信说，你们夫妇在是否让安妮参加学校探险队活动的问题上分歧很大。不瞒你说，昨天安妮已把电话打回国内。她告诉我，周末趁着你出差，她偷偷参加了一次探险队的出海活动。活动中，由于力量不足和经验的欠缺，她落水了，并且被船扣在海里，腿受了伤。要不是旁边有个强壮的男孩儿把她及时捞上来，还不知道会出什么乱子呢！安妮向我描述了在黑暗的海水中恐惧和无助的情形，看样子，她一时半会儿是不敢再这样冒失了。其实对探险这类运动我也一直很疑惑：洋人为什么放着平平安安的日子不过，总折腾那些悬事儿，现在闹得原来本本分分的中国人也跟着玩儿起了小命儿。

我以为，如果说当今洋人的探险是沿袭了他们老一辈欧洲人的遗风，那么现代中国人的探险活动无疑是受了洋人的影响。15 世纪到 18 世纪，大航海时代的欧洲曾经出现了很多著名的探险家，这些人除了本身具备探险素养外，更重要的一点是有本国政府的资金支持，他们探险是为了殖民和贸易，像哥伦布、达·伽马、麦哲伦，还有我们熟悉的库克船长。

虽然世界地理大发现时代早已结束，但至今也仍有很多人对探险保有执着的热情。这些冒险者的目的和老一辈欧洲人大有不同，他们大都并非为利而往，因此令我们普通人困惑——难道他们是一群没心没肺、无亲无故的孤家寡人吗？他们不考虑家人为他们整日提心吊胆的感受吗？1924 年，当《纽约时报》记者问著名的探险家马洛里为什么要攀登珠峰时，他的回答竟是："因为它在那儿。"答话里没有一个字能让我们看到他对家人感受的顾及，当然也看不出他的壮举与我们所崇尚的民族荣耀有什么关系，为的仅仅就是心中的那个征服。此话不久，马洛里在尝试从珠峰北坡冲顶时遇难，当时只有 38 岁。和我想象的不同，马洛里并不是一位鲁莽的人，他受过很好的教育，毕业于温切斯特公学和剑桥，从教于英国著名的查特豪斯公学。

其实，我对这项运动的关注并不是因安妮而起，我接受探险的启蒙教育源于 1985 年至 1986 年长江漂流 11 位壮士遇难的事情。当时的我虽然时有青春驿动，但看到尧茂书为漂流牺牲生命的报道，目瞪口呆之际不禁落泪。想象壮士只身在他制作的船筏中无助地颠簸，然后被湍流中的巨石击碎，惨烈的一幕在我心中曾留下很深的烙印。从此，我开始关注这项运动。我看到有这么一句话很是精到地描述了常人与那些"狂人"的隔阂，大意是："文明"是一张网，这些热衷冒险的人挣脱出去，探索人的极限。他们在网外的惊世骇俗之举，给网内的人们带来难以疏浚的困惑。

多年对于探险的关注越发让我对这种活动避之不及，更是不敢想象自己也会遭遇冒险。而一个偶然的机缘使我“被”体会了一次冒险者的感觉。记得那是在太平洋的一座小岛上，当时觉得岛的面积太小，预定的玩法实在无趣，我一时兴起便起了穿越小岛的心思。没想到一进山就没有了退路。全程每一步移动完全是在向导披荆斩棘下进行，深山幽暗，不见天日。当历经五个小时的艰难跋涉，在无望中看到曾经的探险者留下的一枚路标的那一刻，方知我们有平安走出那座深山的可能。当我们再见蓝天，我是多么庆幸自己能重返文明世界，远离了暗藏在沟壑和悬崖里的危险。

事后回想这个不情愿的探险经历，我的确从“不愿同情弱者而崇尚坚强、自傲和辛苦劳作的攀登文化”中捕捉到了一种久违的感受——回归与征服。而这一过程也的确没有依靠任何现代化的科技手段。由此，我清晰地看到了现代人与大自然仍可相连的痕迹，我们并没有因为科技的发展而退化。这个经历还告诉我一个道理：危险的处境虽然远少于安逸，却是人类生存的另一种形态，虽然当我们遇到它的时候会很不情愿。人们在安全时期从事探险的尝试，表面上看是在玩儿命，从另一方面看，实际恰是为将来能在危险处境下挽救更多的生命做积极的准备。

说到这里，相信你仍没得到一个是否让安妮参加探险队的确切答案，其实我也真的没有答案可供你选择。虽然俗话说入乡随俗，但西方人的这个风俗还是比较小众并极具争议的。安妮在没有一定的体质基础的情况下参加这样的活动，我个人觉得时机还不成熟，但这并不妨碍她继续探讨这项运动本身的意义。

昨天安妮来信说，她们体育课上的野外拓展训练项目虽不像探险队那么悬，但对于小童们也很惊心动魄。由此可见，洋人已牢记冒险精神对于他们今天生活状态的意义。安妮的学校把这样的课程纳入日常教育的做法也显出了其中的深意。洋人在继承昔日“哥伦布们”凭着冒险征服的大片领土的同时，更是把勇敢冒险的精神融在了骨子里。也就是凭着这样的传承，当年阿姆斯特朗登上月球的一小步，无可争议地成为代表人类探索太空的一大步。

再叙！

姐姐

不一样的妈妈

珮嘉：你好！

我很是不同意你给安妮的青春期定义为“处处和我作对”。不错，现在的安妮确实有了很大的变化，这里面最大的改变莫过于安妮不再是那个对妈妈百依百顺的小女孩儿了。

这个时期的孩子有很多的共性，我的琳达也是一样的。她们因为和社会有了些许接触而从此开始了自己独立思考的旅程，并十分认真地觉得自己已经拥有了很多可以不信服咱们的资本。从网络上接触到一些新东西就马上宣布父母落伍的消息，甚至觉得她们比咱们更能明白很多事情的原委。这不正是二十年前我们自己的模样吗？

大人们总是抱怨青春期的孩子外形和思维方式的巨变让人畏惧，特别是对父母的态度，有的堪称恶劣。据我的观察，但凡这种特别逆反的孩子，其深层的思想中都是存在着对父母以往行为习惯呼唤改变的渴求。我们不可以再随心所欲地搂他们的身体，亲他们的脸颊；当然，他们更反感的是我们絮叨、多虑，不把他们当作成人看。他们不再是我们的附属品，他们用关紧的房门和设了密码的手机向我们宣告独立……作为他们的父母，我们哪里甘心就此撒手认输，哪能只发出“处处和我作对”的感叹就罢休了呢？

要解决“处处和我作对”这个难题的关键，首先亟须改变的不是孩子的坏习气，恰是为人父母的我们本身。而这个环节却被大多数人所忽略。记得几年前，我曾经让琳达和安妮画一张题为“妈妈印象”的漫画。画中的咱俩：你是戴着围裙在厨房里打鸡蛋，烤甜饼的样子；我则是穿着睡衣在拖地。一个不经意的游戏让我了解到我们这些无私的妈妈在孩子心目中的样子。幼年的她们弱小天真，依赖于我们的照顾，满眼、满心都被我们的无微不至所填充，并没有挑剔我们在家中衣冠不整的可能。然而再可口的美味，吃多了也会腻烦，特别是当孩子们长大，生活的视野和能力发展到一定程度的时候，昔日的甜饼自然风光不再。如果我们没有洞察到这一点，仍以“家居服”的模样在这些变了心的孩子们面前出没，遭到逆反的待遇也就是必然的结果了。因此，我想，在你向安妮发出呵斥之前，首先要想清楚的是怎么改变自己，你身上什么样的信息会重新提起孩子对妈妈的崇拜。这个秘方我曾说给很多朋友，百试不爽。

当然，不同的家庭会有不同的个性化的展示，但要领是展现的信息一定是精到并伴有新意。比如我们可以让孩子们看看他们从不曾了解的我们的工作，让他们知道除了家庭，我们这些妈妈还有更精彩的世界。记得我曾经带琳达到我的办公室，我有意安排她帮我

核对一本书的目录和后面的页码是否相符，她居然挑出了两处错误。开心之余，她也就对妈妈在生活中的另一面有所了解，之后对我的态度便大有不同。这种新面孔的呈现会有很多形式，要紧的是出手时一定精心设计，不要鲁莽肤浅。比如和他们平等地讨论一个他们关注的社会话题之前，你一定要做足功课，深度、广度收放自如，并有驾驭整场谈话的能力，不能以被小孩子问倒而草草收场……无论以什么样的方式，核心是让孩子们看到一个和原来不一样的妈妈。

实际上，孩子们的青春期，我们每个人都经历过。也许我们从不会在孩子面前提起我们彼时的烦恼，但那些困扰却都曾经真实地存在过。我们当年期望我们的父母怎么对待我们的心情就是孩子们现在的心情。

其实孩子们青春期的“闹”也只不过是萌动的嫩芽破土而出的动静而已，一旦他们寻到阳光，摸索到了生长的方向，我们便可静静地安享他们成长的声音了。按我的妙招去做，这一天定不会太远。

再叙！

姐姐

让生活的历程更加迷人

珮嘉：你好！

刚刚收到你女儿的来信，信中那句“好好念书就能做公主，成绩不好就得做苦力”的童言，不知安妮是从哪里听来的。无论是不是你说给孩子的，我都要写这封信给你。别误会，我不是要谈社会公平的话题，在这里，要提示你的是那个“公主”的标准并非是我们所向往的生活的终极目标。不仅是你，我身边的很多朋友都会在这个问题上误导孩子，抑或是自己也难明白这个道理。

经过了社会一轮又一轮的筛选，人到中年，我们终于得以安逸地过上了不愁衣食的生活，却时感度日乏味，万事皆休——原来我们想象中的“公主”生活不过如此。而事实上，生活向我们展现的哪里就止步于衣食无忧这么简单呢？今天偶尔想起马斯洛的需求层次理论，嫁接一下，讲给你听听，希望你在引导安妮的时候有一个适当的高度。

马斯洛是美国20世纪60年代的心理学家，他认为，人有别于动物的高级性在于，人的生存状态具有更丰富的内涵，包括生理需要、安全需要、归属与爱的需要、自尊需要和自我实现的需要。这些词汇顾名思义，通俗易懂，没有什么高深的理论，但却像一层窗纸，不捅破它，我们便很难看清隔岸的风景。

在没有意识到上述分类之前，人们一般会无意识地按照欲望的迫切程度依次去实现这五种需求。而我们通常会把避免“苦力”的生活状态作为奋斗的首选。但奇怪的是，当人们对物欲的追求达到自己预设的顶峰之后，迎来的不是持久的兴奋，却是倍感无趣。这便是马斯洛为我们揭示的“沿生物谱系上升方向逐渐变弱的本能或冲动，称为低级需要和生理需要。”这话乍听起来似乎有些刺耳，细想，这不正是我们日夜为生计奔波后的真实写照吗？

事实上，中国人对这个问题的思考并不落后。记得丰子恺先生对“人生三境”的描画风趣精到。他认为人的生活可以分为三种，犹如住三层楼中。最下的一层是物质的生活，锦衣玉食，尊荣富贵，慈父孝子，懒得或无力去爬楼梯的，便可满足于此了。第二层是精神生活，有力气爬上这一层来的人，往往是专心于某一领域的人，或学术、或文艺、或科学之一途，故学者、知识分子、艺术家等常住于此。还有一类人，他们的“人生欲”很强，脚力很大，满足了“物质欲”“精神欲”还不够，必须要探究人生的究竟，于是他们会再爬上灵魂生活的第三层楼去。

还记得我们的古语“君子安贫”吗？其实这和马斯洛的需求层

次理论有异曲同工之处，这个“安”本质上讲的就是幸福感，当然难度比老外的要高一节，我们是安贫，马斯洛讲的是安富。但无论是贫是富，关键是先人们所追求的这个充满美学思想的“安”。需求层次理论绘出了人生的绚丽，提示我们生活的安逸不仅是物质的，还有精神层面的。懂得这样的道理，我们便不会为物质生活“到站了”而感惆怅。这使我们对生活的期待会丰富很多，我们还有很多书没有读过，很多风景没有看过。还记得五年前那个傍晚，咱俩在剑桥小镇一起散步看到的吗？一对银发的老者在自家的壁炉旁安静阅读，身后书架上的藏书成了他们居室最华丽的装饰。让我同样感动的是在南太平洋小岛的深山里遇到的一对近80高龄的澳大利亚夫妇，在崎岖的密林中，他们相互搀扶，征服险峰的勇气丝毫不输年轻人。

同样的事情其实我们也在做，比如我们会让孩子们多念些书，去试着掌握一件乐器、一项运动……不同的是，这些事情背后的目的，功利的成分要远远大于对生活境界的追求，反映在孩子们身上，自然就会听到“好好念书就能做公主，成绩不好就得做苦力”的童言，其中的无奈与无趣一目了然。

经过了半生奔忙，今天的我们若是仍以衣食的多寡来诠释生活的内容，并把这样的浅见用作引导孩子的人生，我们也真算是枉吃了那些“咸盐”了。

让孩子们早早知晓：高质量的生活不仅在于物质上的富足，充满美学的生活更加迷人，如若没有对人生境界更高的追求，我们的所学、所感会是多么痛苦的历程；反之，将是何等的人生享受！

再叙！

姐姐

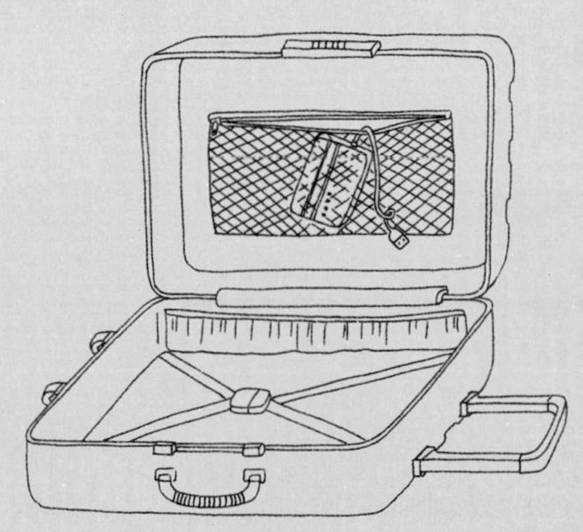

不要轻易坚信自己的“为孩子着想”是对他们绝对有益的。或许发号施令之前，我们确实该好好用头脑处理一下，我们经常脱口而出的“你不许”“你不该”“你不能”之类的父母之命了。

受到礼遇不等于得到尊重

珮嘉：你好！

我很赞同你坚持让安妮在纽约继续学习中国文化的做法。每次接到安妮给我的信，看到文中汉语和英文混杂在一起，心里总是隐隐担忧。

从安妮给我的信里能感觉出她对西方文化的崇拜，这和我接触的很多年轻人很像。其实何止是年轻人，像我们这样的中年人不也是瞧人家哪儿都顺眼吗？回想这十几年间行走于世界各地，我们对西方国家文化和社会的认知也算是有些资本能和孩子们交流了。

记得在纽约大都会博物馆敦煌壁画前我的感叹吗？“这幅画虽然经历了被侵略者抢劫的不幸，但于人类整体文化的传承而言，能得到这样的保存条件，也是这件文物的大幸。”爸爸当时很不赞同我的看法。现在回想起这事，的确觉得，以往的看法很肤浅。

一个民族的文化如果只能在博物馆看到，而不被这个民族的人们所认可与传承，这样的文化其实已经离死去不远了。事实上，中国五千年的文化积累相比西方，不知要厚重多少倍，但中国的传统文化却与现代人们的生活渐行渐远，这种状态着实令人担忧。西方文化之所以在当今社会那么夺人眼球，我看恐怕主要还是得益于他们对现代社会影响较大的制度文明与科技文明。制度的进步为科技发明、文化的传播保驾护航，使人类走到今天的模样。但值得注意的是，就文学、艺术而言，往往比的不是快，而是慢；推崇的不是先进，恰是沉淀。我们有五千年的家业积累，西方人为此趋之若鹜，而我们自己却不屑一顾。

你一定叮嘱安妮，无论走到哪里，自己民族的文化一定不能丢掉，没有根基的“墙头草”是断然不会得到他人真正意义上的尊重的。我曾和旅居美国的杨教授夫妇就此问题交换过看法。他们刚到美国的时候，觉得洋人对自己特别礼貌，有求必应，到处都是活雷锋，真真印证了“远亲不如近邻”的俗语。随着时间的推移，十年的经历又给了他们与当初不同的感受。美国对种族歧视很敏感，他们倒没有遇到过被欺负的事情。但有一点，若是不在那里生活是很难察觉到的。西方人对他人的态度，一般情况下都会表现得很礼貌得体，但原因不是对方值得他们敬仰，而是他们觉得尊重他人的行为体现的是自身的风度和教养。所以，你要告诉安妮，不要被洋人礼貌的言行所迷惑，要想得到其他民族发自内心的敬意，自己有“根”才是要领。

记得安妮被巴顿老师问及谁是“中国的莎士比亚”那一刻的尴

尬吗？不要说 12 岁的安妮，就是我们这些所谓学业有成的父母，有几位能讲出汤显祖、曹雪芹这样的大师在中国文学史上的地位呢？

今天黄昏在北海散步，且不说夕阳下的白塔和太液池有多么迷人，经停的一石、一木、一亭、一阁，每个角落都渗透着中国古典的美学思想。遗憾的是，这些珍贵的文化遗产，除了被大众用数码相机草草收集起来，有几人懂得体会其中的韵味呢？倒是时常能看到逛园子的老外凭栏驻足，费力地对照旅游手册尽力理解的样子。不知你还记得我们在华盛顿时曾拜访的“中国通”杰克吗？他对中国文化的了解，在很多方面甚至超过我们中国人，这一点真叫人汗颜——我们有这么博大精深的文化，却因为不了解而没有能力去热爱，这真是我们这一代人的痛。倘若安妮他们这一代连痛都感觉不到，留下的将是无法挽回的遗憾。

再叙！

姐姐

在新西兰学琴

珮嘉：你好！

这次去新西兰小住，感受了一下安妮在惠灵顿学习小提琴的经历，还碰巧参加了苏珊老师为学生们组织的音乐会。让我惊奇的是，艺术竟然可以以这样淳朴的形式学习与感受，这一点和国内还是很不一样的。

新西兰孩子们学琴、学习声乐，普遍是在学校里进行，这样就免去了家长接送的麻烦。平时，老师会在午饭、早茶的时候，把孩子叫到音乐教室去上课。当然，如果是音乐会排练活动，家长们还是要去给捧个场的。老师挺在意家长是不是对孩子的学琴给予关注。孩子们集体练习一个曲子，有时老师会让在边上参观的家长们打拍子，有时还会让家长们根据孩子们拉出的欢快的琴声，自己想象着跳个小步舞，新西兰的家长很乐得去跳。

今天，我带安妮去了老师组织的这学期的音乐会，意思相当于国内的汇报演出。我们到得稍晚，一进去已坐了满满一屋子的人。我抬头一看，咦，为什么不是小孩子在台上，而是一个老人在吹笛

子？我突然想起这人了，他叫保罗，上周在花园里散步曾遇见过他。他告诉我，他小时候也学过琴，但后来因为工作原因中断了，现在退休了，也没什么事，把年轻时候的喜好又捡起来了。他也是苏珊的学生。我听他吹得虽然不是特别专业，但也挺悠扬的，看那谱子，是莫扎特的。

到场的孩子们都是苏珊老师带的学生，围在一起，在地上坐了里外两圈儿。他们既是观众，又是演员，个个乖巧可爱。开始我也很诧异：哪有坐水泥地上听音乐会的？可人家就这样。虽没有讲究的西服、纱裙，可一上台，小绅士、小淑女的风度一点不打折扣，先是给大家鞠躬，然后就开始介绍自己叫什么，拉什么曲子。能说点的，还会告诉大家自己学了多长时间琴了，满嘴的专业名词儿。有的小孩儿因为年龄小，这种音乐会演出对他们来说真是大场面了，害羞得连头都不抬起来，台词儿成了自己说给自己听。老师这时候就会上来，蹲下，轻轻地安慰几句，然后帮助孩子架好琴，摆好姿势。有个特别小的女孩儿，把小提琴架在脖子上，吓得在台上只管站着，老师看到后走过来，帮她用弓子在她的琴上拉来拉去，这也是一个演出！还有的学生，可能紧张，演奏时会出些小错，有的自己能不露痕迹地纠正，有的则无助地停在那里，这时老师便会善意地说："你还想再来一遍吗？"学生也就顺势再重来一遍，观众也没觉得有什么不好，照样欣赏、鼓掌。与之形成鲜明对比的是，大部分学生都奉献的是自己最成功、最优秀的作品，也是对他们这一学期学习的汇报演出。演奏完了，他们都会深深地鞠躬，接受观众的喝彩。最后是孩子与老师同台演奏，都是我们耳熟能详的曲子。老师的琴声有时过于激扬，我还看到前排坐着的小男孩嫌吵，捂上了耳朵，真实得令人想笑。

在遥远的南半球，在这间小小的音乐厅里，悠扬的琴声令人心如此静谧。窗外林子里有鸟鸣，和着这琴声，让人感觉到艺术渗透在生活中是那么美妙。相比安妮以往在国内接受的严谨的考级训练，这里的音乐教学可能显得过于随意，特别是我们这对儿看惯了"严师高徒"的眼，也许还会笑话新西兰人过于粗陋的标准，这哪里能与我们的“台上一分钟，台下十年功”比得了。但我却觉得，正是这样不甚完美的音乐会，反而更会使人们的心贴近艺术的本真，从而对音乐保持长久的敬仰和由衷的热爱。

再叙！

姐姐

舞会带来的烦恼

珮嘉：你好！

来信提到你现在对安妮频繁参加学校的舞会，并对那些金发碧眼的男孩儿们津津乐道非常担心。很理解你此时的心情，若是任其发展，孩子用于学业上的精力的确会大打折扣。但是，你即将实施的“断电”和禁足甚至盯梢儿的打算我觉得实在不可取。问题哪里像你说得那么简单，只要是没收了电话、电脑，不让出门，安妮的心就会回到学业上了？

相信你我都曾体会过，人倘若是被一件心仪的事物所惑，理智哪里那么容易取胜呢？特别是对于少男少女间美好的情感，你那些外力阻隔又算得了什么呢？

晚上，琳达放学回家，刚好给我说了她今晨的一个小经历，看看能不能对你有点启发。这两天北京连续下雪，琳达说，上午课间的时候，她想约个女伴到外面赏雪，恰巧对方有事去不了，身边的周同学，男生，却正有此兴，便搭伙同去。怎承想，刚出楼门，还没见到雪，竟一头撞见老师。不知怎的，原本没鬼的心此时竟突突地狂跳起来，怎么跟老师解释才好呢？正在窘迫不知所措的当口，这老师竟笑眯眯地掏出了相机："看这雪多美，给你们俩合个影吧！"琳达描述这段经历的时候，分明是在笑话老师的头脑简单，"萌"得不轻。我暗想，这刘老师本是文学出身，你们这点花肠子还能绕得过人家的鹰眼。让我说，这便是有水平的老师举重若轻的教育方法。换了你我，见了孩子们这般情景，必定穷追猛打一番，人家不成一对儿恐怕都难。

要说最让我吃惊的还是琳达隔壁班组织的一次活动，题目是"我理想中的男友与女友"，参加讨论的主体除了这些正值花季的少男少女，还有家长和老师。彼此间坦诚的态度令人咂舌。翻看孩子们的记述，从理论到实际，真是让人感慨。这些少年思想的开放与成熟已非我们能想象。敢情他们在婚恋领域的见识被我们这些疑神疑鬼的父母还真是低估了不少。

从这样的试验田走出来，还有一个很突出的感受：孩子们花季的感情萌芽宜疏不宜堵，最重要的是家长要和孩子们建立共同的价值观。在此基础上，我们这些家长不妨大胆地采取睁一只眼闭一只眼的态度，给这些嫩芽一定的空间，可能也是一种思路。所谓睁一只眼乃是我们要了解与孩子交往的异性是什么来历，监控他们交往的分寸；闭一只眼则是在与孩子相互沟通并信任的基础上，给他们一些自主判断的机会。

总之，代替或阻止安妮和异性同学的交往是行不通的。那么，试着以一种低温但非冷酷的态度对待她这一时期的情感世界，并尽最大可能使孩子们的行为处在有光线的地方，或许是一个比较明智的选择。不要为此过于焦虑，放松些。

再叙！

姐姐

培养孩子思考的能力

珮嘉：你好！

上次你来信说，安妮进入中学后，课业负担很重，一周要交数篇小论文。这对她确实很难，毕竟安妮在国内几年的学习，一向是以老师灌输为主要形式的。我记得巴顿老师在家长会上也曾说过："中国的孩子很会念书，但不擅长思考。"因此，你在家里还要额外付出些努力，帮孩子补上这一课。我这里正好有个真实的例子，是这周末发生在琳达身上的事，讲给你，可能比教方法更直观些。

周末，琳达的学校安排他们负责接待来自韩国的高中男孩儿。学校的要求是，让中国的学生带韩国的学生参观北京城中有中国特色的文化场所。于是，三个中国孩子便带着四个韩国学生到了国家博物馆。参观不到五分钟，除了一个韩国学生在听中国孩子的讲解，其余三个都流露出很不耐烦的情绪，并提出了要去娱乐场所的要求。最让中国孩子猝不及防的是，韩国学生要以民主投票的形式通过离开博物馆的方案。结果，三个中国孩子就这样，被"民主"地带到了某商城的娱乐场所。晚上，我去接琳达的时候，她居然委屈地掉泪了。我问她原委，琳达说，没想到当时举手表决的时候，只有她一票是参观博物馆，关键时刻，连那个原本喜欢博物馆的中国同学也没和她站在一起。

两天后，等琳达平静下来，我向她提出，能否围绕着“中国孩子为什么被带出了博物馆”这个议题讨论一下。听了我的提议，琳达觉得很神奇：是啊！本应是我们中方主导的接待活动，怎么半路上却把方向盘交给了人家呢？说到这儿，原本委屈的琳达也不禁摇头发笑。

请注意，这个当口便是我们父母对孩子进行“文化输出”最好的时机。利用这个机会，我向琳达介绍了当年韩国与我们在端午节这个非物质文化遗产上存在分歧的风波；描述了1997年亚洲金融危机时，韩国百姓举国捐金救国的现象，甚至还谈到了世界各国的各种政治体制形式、弱小民族的生存法则、跨文化差异等一些孩子们鲜见的社会现象。口干舌燥的我私底下也很忐忑，那些对于成人都不太接触的理论探讨，一个小孩子到底能听懂多少呢？正在犯嘀咕的时候，只听琳达插嘴问我：“金首饰和金融危机有什么关系？”“民主难道不是最完美的体制吗？”读到这儿，你不觉得兴奋吗？这样的问题简直可以成为大学生的论文题了！

不过你也许会觉得，这样的讨论似乎有些像不着边际的闲扯，而这正是我要向你展示的妙处。这样的闲扯表面上看是偏离了我们所讨论的事情本身，但实际上却离孩子将来成人后要面对的世界更近。想想看，如果没有这样的闲扯做延伸，又会有什么更好的办法来让孩子们真切地接触那些抽象的政治、经济、哲学的概念呢？“学而不思则罔，思而不学则殆”说的正是这个道理。在生活中找不到相应的概念，孩子们对书本的学习自然就不会产生主动思考的欲望，痛苦地去背书便是必然的结果。

此外，还有另一层含义我想表达给你：其实孩子们是不是善于思考，很大程度上取决于父母对他们随时随地地提醒和启发，而要做到这一点，师长本身有没有思考的习惯是我们首先要自问的。

再叙！

姐姐

让孩子面对制度

珮嘉：你好！

来信说，安妮很反对你经常找老师去沟通她在家校两地情况的做法，对此我很理解。要知道，在国外的学校，家长被单独召见，应当是学生犯了较严重错误的情况。你的做法显然是受了国内小学“请家长”制度的影响。安妮的观点显然是偏向于洋人学校强调自我管理的理念。就安妮这种自觉性比较强且诚实的孩子而言，什么方法对她都不是约束，之所以她不同意你总找老师是她希望走向独立的象征。

但是话说回来，青春期的孩子单纯、好奇，是各种诱惑的易感人群。今天是诚实的孩子不一定明天依旧诚实。别说是处于青春期的孩子，就是我们成人不也是随着环境的变化在不断地变化吗？没有制度的保证，好人变成坏人一点都不奇怪。安妮所在的洋人学校之所以还保留着每周校长致学生的一封信和定期的家长会制度，说明适当的家校沟通是十分必要的。现在的社会组成实在是鱼龙混杂，手机、网络上的不良信息随处可见，可以说，社会负面的东西时时刻刻都在和我们这些父母争夺着孩子。稍有不慎，孩子就会掉入陷阱。所以从这个意义上说，我是很赞同家校间建立经常性的联系制度的。

在我身边还有一种情况十分值得注意。我同事小郑的儿子阳阳，在学校对老师和同学彬彬有礼，可是一回到家里就像变了个人似的，对家人的态度真是让人不堪忍受。中国人总讲，家丑不可外扬。这小郑夫妇总想着孩子在学校的面子，所以一直为孩子保守着这个“秘密”，除了气急了打骂一通，再无他法。两年工夫，阳阳眼见着走了下坡路，对父母除了怨恨还时有拳脚相加。另外，这小郑夫妇在此问题上还有一个观点：孩子之所以在家中粗暴，是因为在外面受了委屈，对外人不好发火，只好把火撒在家中。

这个问题我是这么看：阳阳在学校里对老师和同学彬彬有礼，这说明他还是个能分清是非、懂得控制自己情绪的孩子。也就是说，阳阳是完全可以把这种美德平移到家中的，但事实为什么不是这样呢？我觉得原因有二：其一就是小郑夫妇的潜意识中就存在对孩子不良行为的恻隐之心，总觉得孩子在外面受了委屈，父母不当出气筒，孩子不就憋坏了。这个观点可不是小郑夫妇的专利，而是我周围相当一部分独生子女父母的“共识”。这个共识一旦被这些宠儿们抓住，在父母面前放纵的言行就会在家中的任何角落蔓延。我曾把中国家长的这个观点和斯特朗夫人交流，她的回应是：“孩子是憋不坏的，只要父母态度沉稳坚定，他们自我控制和修复的能力不比成人差。”

阳阳在学校和家中判若两人的第二个原因就是，小郑夫妇没有把孩子安放在一个透明的教育环境下，致使孩子没有把思考问题的重点放在修正自己的言行上，而是着力于和父母间的讨价还价，或是怎么想方设法把自己的不良行为掩盖在家庭中，不让外界知晓。试想，如果阳阳面对的是一个家校透明的制度，在他能分清是非美丑的前提下，结果一定会大有不同。

之所以举这个例子，目的是想告诉你，无论现在安妮是什么现状，要让她明白，她面对的不仅仅是能包容她一切的家庭，她还置身于一个处处为她的成长着想的透明的制度中，这个制度有奖励、有惩戒，公正、公开，没有人情和暗箱操作的可能，无论这个制度是否动用，让孩子们明白它的存在是十分必要的。

再叙！

姐姐

关于"犟嘴"的事

珮嘉：你好！

上次信中说到西方教育中很重视培养孩子们批判性思维的问题。我很高兴你们能听进我的建议并马上付诸行动，在周末的下午茶时光讨论一些生活中的疑惑。但愿你们能把这个习惯坚持下来。

起先，我家搞这种沙龙的初衷，本是以向琳达灌输正确价值观为目的的。但后来我发现，这个活动的受益者并非孩子一人，很多问题在这样的时光里被重获思考。

记得两年前，是一个夏天的傍晚，我们三口在家门前的街道散步，我指着街道两边林立的高楼问女儿："琳达，你觉得眼前这些建筑中，哪栋是值得流传百年的？"这个问题我自知是带有引导性的，因为那个时候是我们刚刚从巴黎旅行回京不久。琳达的稚嫩当然敌不过我的老辣，就像我预料的，她认真地否定了眼前所有的"火柴盒"："可以说没有一件能和古典建筑相提并论。"并如我所愿，琳达就此还生出了许多对于现代人没有文化和品位的鄙视情绪。这正是我要的效果——自己"正确"的思想如注射般被完全、准确地植入了女儿的大脑。直到有一天琳达在我们的家庭沙龙上不经意地提出："其实现代人也挺伟大的，经典的东西不一定是有形的吧？"对此，我很震惊，琳达居然"犟嘴"了！时至今日，我不得不开始反思，长久以来，自己对于经典的膜拜竟然如此狭隘地局限在有形的东西上了。是啊，那些能保存下来的建筑、考古中发现的锅碗瓢盆，在人类历史的长河中，其实不过是古典文化残存的少许模型而已，而真正的精华恰是那些看不见、摸不着的文明。在之后的下午茶时光里，我们两个"老的"很欣喜地聆听了15岁的女儿以"互联网""云计算"为例来赞美现代人对人类文明的贡献。琳达说："现代人的这些发明恰好是四百多年前《西游记》的现实版，吴承恩想到的，我们这代人都做到了！"这里我忽然想起韩愈《师说》中的一段："吾师道也，夫庸知其年之先后生于吾乎？是故无贵无贱，无长无少，道之所存，师之所存也。"

从此，我们再不敢轻言让孩子"听话"二字。事实证明，我们这些自认为是孩子领路人的父母，在很多问题上自以为明白，事实上却是执迷而不能自知的。我们经常抱怨孩子们不听话，却很少去思考我们的言语中有几句是经得起推敲并具价值的。我们常会轻易地否定孩子们的做法和想法，而自己却懒得说出或是根本就没有能力拿出该如何去说、去做的方案。我们还会以四十不惑自居，用自己"真诚的误导"迫使孩子们在作文中说出"我终于明白了"一类

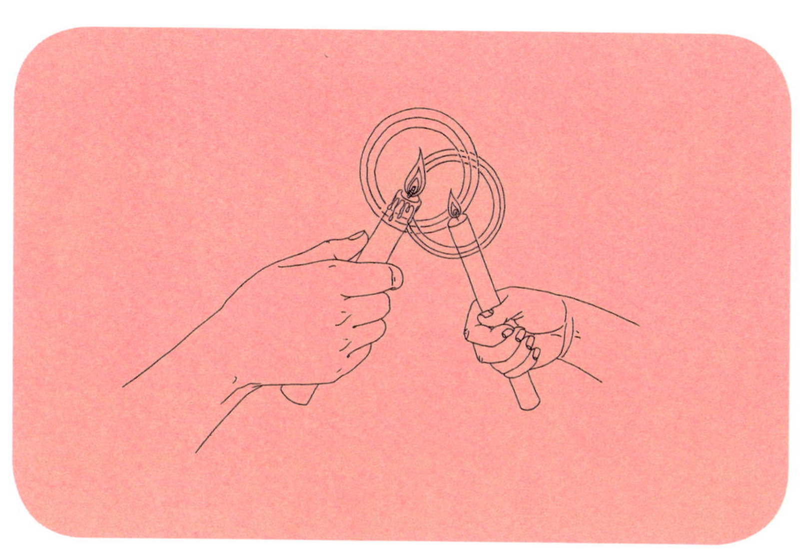

的结论，殊不知，我们自身离“终于明白”的距离还差着十万八千里呢。

这里你可能会说，莫非在引导孩子的问题上，“无为而治”当是最佳选择了？虽然这样的话似乎向我们指出了另一种极端，但这种极端却也使我们能因此注意到：不要轻易坚信自己的“为孩子着想”是对他们绝对有益的。或许发号施令之前，我们确实该好好用头脑处理一下，我们经常脱口而出的“你不许”“你不该”“你不能”之类的父母之命了。

再叙！

姐姐

没有书店的城市

珮嘉：你好！

来信收到了，随信寄来的你给安妮制订的每日计划我也看过了。从早晨9点到晚上9点，分分秒秒都没有虚度，你这个中国妈妈望女成凤的心情从中可见一斑。但我有一个预感，安妮的老师——格林先生看到这份计划，一定会摇头的。

与国内中学生早8点到晚10点的课业时间相比，你也许会说这份计划还是打了折扣的，不这样做，孩子的竞争力就会退化。而我要讲给你的是，这种把孩子的时间塞得满满的计划，不但不适合现在在国外念书的安妮，就国内的教育而言，存在的时日恐怕也是屈指可数了。从我的观察看，在国内一些高水平的中小学里，这种死盯课内知识的学习方式，已不像我们那个年代那么盛行了。我曾经问过在北京读书的琳达："你们学校每年都有百名同学考上清华、北大，可我看你们成天忙活的怎么总不是功课上的事儿呀？"琳达笑答："你见过有钱人在一起还聊钱的吗？"搞研究、玩社团，虽说不是国内大多数中学生的选择，但比起以往，这至少表明了中国教育渐渐觉醒的一面，更不要说安妮已身在西方教育体制中，你还用这种反复做题、背诵的老办法来填充孩子的大脑，还真是有些落伍了呢。

你的这个满满的计划，其实和国内老师把作业留得足够多是一个思路。这样做的结果最致命的一点是，剥夺了孩子自主思考的权利和机会。孩子们像是被装进了模子的面团儿，这种从一个模子里出来的成品，于社会进步无益是显而易见的，于孩子自身真正的成才也绝无好处可言。而放弃这种“快捷”的教育模式，对我们这些父母的智慧和定力又何尝不是一种考验呢？

这次去华盛顿的时候，经过康涅狄格街那个小书店，不禁想起当年咱们俩到这里买书的情景。那是个夏天的晚上，暗而静的街道让人走在路上有些不太自在，于是推门进了这个不起眼儿的小书店，抬眼，满满的一房间的人，坐的、站的，楼上、楼下，连楼梯、走廊都是，足有百位，细看才晓得，是某本书的作者在开读书沙龙。你告诉我，这里经常举办这样的读书沙龙，捧场的人总是这么多。当时我很吃惊，信息技术和物流管理那么现代化的美国，何以还保留着如此欣欣向荣的供销社式的小书店呢？

今天，好友玉红发来短信说，由于网络购书的冲击，北京有家名为“野草”的书店就要倒闭了，在处理一些旧书，同时很忧虑一个没有书店的城市将来会是一个什么样子，就像我忧虑安妮一天的时间表中缺失自由思考的环节一样。稻谷固然不可缺少，但没有野草的土地也一定不是个健全的生态。

教育莫被竞争误！你总是表面上同意我这个观点，而做起来却是南辕北辙。追其原因不过是“短视”二字，怕孩子输在起跑线上，上不了一流的大学。细想想，人的一生哪里就止步于大学毕业前这二十几年的时间呢？“风物长宜放眼量”，我们要着力的其实还有孩子们学成之后更漫长的人生。

一个城市，没有书店一定不会像没有超市那样让人们活不下去，但拥有很多雅致书店的城市的人们，心情和思想一定会非常的不同。这也是我对于安妮每天的时间表修改的意见，希望你能仔细体会这里面的想法。

再叙！

姐姐

母爱有界

珮嘉：你好！

这次我到纽约，在你家里度假那段时间发现安妮的一个苗头，恰是你今天来电话抱怨安妮“不懂事儿”的问题。

那天早晨，你在楼下厨房做早餐，烤面包、牛奶、香肠、果酱……我以为已是足够的丰盛。9点半，我见安妮拖着慵懒的步子，睡眼惺忪地从楼上下来，头也没梳，脸也没洗，瞟了一眼餐桌，开口就是：“怎么又是这些？我要吃面条！”在厨房闻讯的你立即“痛改前非”，五分钟，一碗热气腾腾的面条就摆到了安妮面前。在一边旁观的我已觉得你这样做很是不妥，接下来，安妮的抱怨更是加剧了我的这种感受：“这么烫，怎么吃呀？”

上面的情景想必你不陌生，不知你有没有意识到，这正是你来电话抱怨安妮“不懂事”的原因——不是你如此“知错就改”的谦恭态度，哪里有安妮让你这般伤心的今日。问题的关键不是孩子提出吃一碗温度合适的面条的要求，症结是你在孩子的吆喝下一味迎合的态度，这样的母爱看似是对孩子的呵护，实质上于他们的心智是莫大的伤害。在这个问题上，我曾经和你也有过相似的经历，只是因为一次偶然的机会，让我看到了改变这个现状的可能性。

那是去年的一个周末，为了完成琳达语文老师布置的一篇题为《角色》的作文，我突发奇想，建议我们母女间调换一天角色，我当女儿，让15岁的琳达做一天妈妈，之后把感受写下来，保准有趣。琳达欣然同意。接下来的一天就是琳达包揽了我平时所做的一切：打扫房间，制作一日三餐加下午茶，洗衣服，催我读书、看报……工序一点儿不许省，比如做饭要从买菜、择菜、洗菜做起，到最终收拾餐桌、刷碗。你知道吗？在这个过程中，经历考验的可不仅仅是琳达，还有我这个享受全方位服务的“女儿”，很多次都想伸手帮琳达这个“妈”一把。记得午饭过后，琳达好容易刷完全家的碗，刚刚落座，我们相视而笑，我虽心疼她劳累，但还是不得不提醒她：“3:30还有下午茶。你若累，还是我来准备吧！”琳达为了保持这一天“妈生活”的纯洁性，还是勉强站了起来。

这样的生活虽然只有一天，之后我却发现琳达每天起床都会叠被整理床铺；每每跑来厨房，也不会像以往那样对我做的饭菜不顾我的感受妄加评论了；吃好饭，离开餐桌的时候，还会轻声问一问是不是需要她刷碗。这个结果是在搞这个“过家家”之前我们完全没预料到的。之后我总结，完成这个角色互换游戏的条件有三：孩子本身得认同这样的游戏形式；爷爷、奶奶一干人等不在现场掺和；

妈妈得有坚强的抑制力，心软不得，并且爸爸支持。

由此你看到吗？换位思考是让孩子懂得感恩的前提。我们不能只埋怨他们“怎么这么不知父母恩”，无知是孩子的权利。问题的关键是我们做父母的根本还没有告诉孩子：恩情到底是个什么东西。别人需要怎样的付出才能换得看似平平常常的生活。俗话说，不养儿不知父母恩，待到孩子懂得这句话深意的时刻，想必父母已经老去。

不要吝惜孩子们去参加家务劳动的时间，他们会因此真正懂得时间的珍贵。而对于他们的学业来讲，劳动会使他们对未来的目标更加明确，从而产生更强劲的学习动力。回望咱们身边有成就的学者，哪个是从小日日趴在书桌上做成学问的呢？还要向你强调一点：你不要总是把学业摆在人生的第一位看待！如果孩子没有好的品质，连感恩之心、自食其力的生活能力都没有，有再大的学问又有什么用处呢？

再叙！

姐姐

开办家庭读书会

珮嘉：你好！

前月翻看一本民国时期的书稿，书中有关周宅家庭读书会的一个情节很是让我感觉亲切，形式上比咱们家搞得更加规范，难怪书香世家大都会有好的传承，由此可见一斑。这次借安妮回国的机会，我重拾此事，孩子们的收获不少，也坚定了我把读书会继续坚持下去的决心。

要说两年时光，孩子们的见识真是我难估量到的。昨晚的读书会琳达介绍的是《爱因斯坦自述》，就此引发了全家老小对科学与宗教、迷信与信仰的讨论；安妮拿出了英国人乔治·奥威尔《动物农场》，开始大家以为这是一本童话书，经安妮一讲，敢情人家这是一部讲社会变革的哲学书。自从你们两年前出国，如今相隔这么长的时间，读书会虽然搁置，但孩子们爱书的性情却被我们用这样的形式固定了下来，这是值得庆幸的。

此外，这次读书会还帮我解决了个小难题。长久以来，我一直在暗示琳达不要总把目光拘泥于数理化这样的学科上，将来最好能选择经济学专业深造，她总是不屑一顾。没想到，这次读书会上，当听了我介绍曼昆的《宏观经济学》之后，琳达的思路似乎开阔了很多。真可谓他山之石，可以攻玉呀。

《美国的智慧》是上世纪初林语堂先生介绍美国思想史的一本著作，但就孩子们而言，现在阅读为时尚早，而我也会担心，若是孩子们长到了可以读这样思想深刻的读物的时候，或许那时的她们已经失去了阅读这样伟大著作的可能性了。因此，我还是精心地挑选了其中介绍美国自然风景的章节让孩子们朗读：

> 它们根连着根，遍布整个帝国，有着毛糙边缘的叶子交错在一起，漫无目的的西风将花粉吹到杯状花朵柔软的紫色柱头上。节杆里保存着水分和盐分，叶茎是牧场生存的动物力量的源泉，满含淀粉的种子是老鼠们的收成。对小小的啮齿类动物来说，蹄子下面的草丛就是实实在在的生命的依靠。在这里，雄性的草原松鸡在它们的配偶面前趾高气扬地走着；在这里，百灵鸟下了一窝蛋，蛋壳上的特有图案像胡乱涂抹的褐色文字；当驼鹿走过时，响尾蛇们担心着自己脆弱的脊柱，恐惧地躲在沟中和小溪里……

读毕，孩子们居然爱不释手，说是以后的春游游记再不会只说些千篇一律的套话了。当然，年幼的孩子们不会知道，在这些充满童趣文章的隔壁却潜伏着《质询的精神》《世界政府》《战争与和平》等一系列思想深刻的名篇呢。

这周和许教授一起吃饭时说起咱们家读书会的事情，他很惊奇在科技如此发达的今天，还存在着这等古旧的生活方式，并问是否可以带儿子参加进来。我向他开出的条件是：给读书会贡献一节理论物理的科普课，只有这样，方可进入我们的“丛林”。他欣然同意。

再叙！

姐姐

儿童的冠军梦

珮嘉：你好！

应你的要求，前日在国内给安妮买的励志类的神话故事书已托付陈教授带给你们。看到这些书，陈教授很好奇地问我为什么给孩子的励志类的书都要从中国买，他说其实国外这种书也不少，而且感觉写作风格更贴近现实生活。我说这可能正是中国妈妈不喜欢那些书的原因吧。我们这些中国父母最听不得的就是自己的孩子从小立志当木匠、做农民什么的，而国外的读物里，这种教育却无处不在。

这事儿让我想起当年爸爸最爱讲的《神笔马良》的故事。那时候乳臭未干的我就开始笃信：只要肯下功夫，甭管多么高的理想，最终一定能实现。记得当年幼儿园里组织游泳比赛，我不会游泳，却怀揣冠军梦把手举得高高的。在离比赛还有两周的时候，妈妈无意中得知我报名参加比赛的事，惊慌失措地把我带到什刹海集训。下水的那一刻，我才知道游泳对于我是多么恐怖的一件事情。这个事让我铭记至今——一个牙齿还没有长全的幼童，居然荒唐地操办起与她不搭界的生活角色了。现在想来，这样的举动应当是来自父亲的神话启蒙。

随后一周，我老是梦见，报名游泳比赛的孩子被大轿子拉走了，其中包括连漂浮都不会的我。好在一周后，奇迹出现了，居然传来搬家的消息。而正是这次搬家的解围，却让我和一个质朴的道理擦肩而过。之后，每当有大人问起理想的时候，我还是会毫无根据地把能想到的最权威的职业告诉对方，比如科学家、作家什么的。记得有一次，我跟着两个同学到学校的图书馆去查百科全书，大伙儿的目的是想看看，有没有比国家主席还高的职务，而那时的我们已经 12 岁了。

理想固然是自由和宽泛的，而社会的容量却并不总如人意。这是大多数成年人的共识。而中国的父母通常是只强调前半句，后半句则由子女成人后自己去惊叹：敢情《神笔马良》只是神话！从你给安妮买中国神话故事看来，我们这代人对父辈的教育方式不仅认同，而且还忠实地继承着。

但凡一种现象的长期存在，必有其存在的道理。我总想，以木匠为理想设定的西方人的思维模式和以科学家、作家为奋斗目标的中国妈妈的想法，对一个孩子最终成为的社会角色所能起的作用似乎并不大，但对小孩的行为和思维习惯的影响却是显而易见的。当一个人登上了人生的巅峰时，回看自己儿时的理想，一种是感觉经过脚踏实地地攀登更接近了它；另一种则正像林语堂先生曾经说的，

“我们甚至可以带有一种讽刺和嘲笑的意味思考一下某些愚蠢的志向、无法实施的冒险活动、值得赞赏的奇思怪想……”随着现实艰难、生活重负一面的显现，发现理想和我们的初衷渐行渐远，从而对之前的勤勉开始了或多或少的质疑，这种质疑往往又会波及我们今后对未来的信心。

这些话说给你，倒不是想否定用远大理想指引孩子去追求美好人生的做法，只是觉得西方人在教育孩子励志方面更强调现实性这一点也是值得我们深思的。不如两种风格的书都让安妮接触接触呢！

再叙！

姐姐

失而复得的日记

去年年底，接到复旦大学的张文贤教授致电，说是要寄一本他自己设计制作的日记本给我。这次到复旦拜访他的时候，方知张教授不仅在管理学领域学术造诣深厚，还兼具很高的文学素养，也了解到，他著作等身的背后是他笔耕不辍的习惯。

我把张教授做日记本这事写信告诉了安妮，鼓励她也争取多写写异域见闻，一来为今后的写作之路积累些素材；二来也为自己的人生之路积攒些思想财富。开始她还有些抵触，后来经过一段时间的尝试，终于和我有了共鸣。小家伙儿说，这是原来不写日记的时候不会有的感觉，还说，人的记忆力是极其靠不住的，同样的往事和家人共享，居然会出现几个不同的版本，只有发黄的日记本才是最老实的。因此，她记日记的劲头大了起来。

之所以想起这个话题，源于上周丢失了我最重要的那个硬盘。盘里不但存有几年间的照片、各种完成和未完的稿件，最让我心痛的就是这几年的日记。我一边在家里每个角落苦苦地寻找，一面试图还原对以往生活的记忆，但是一切不可能被完整地拼接。我是那

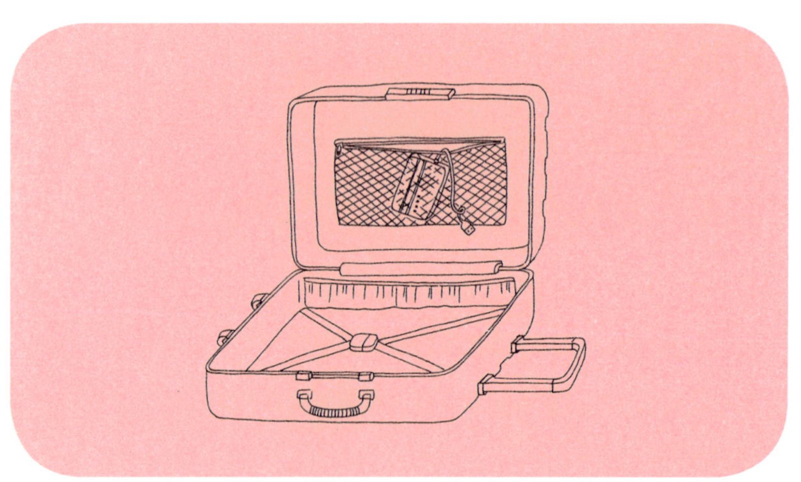

么深切地感觉到，平日不经意在本子上画过的几笔，竟然对我是那么重要。如果没有曾经那些一笔一画的记录，走过的生活便像烟云般缥缈，变成了碎片一地。

两天的寻找终于有了结果，那个硬盘静静地躺在我的旅行箱的夹层里，看到它的刹那，对它如此戏弄了我，只一句“嘿，在这儿藏着呐！”便原谅了，余下的全都是重逢的喜悦。

现在我幸运地说服了你的女儿，却不能确定是否能说服你。你总是嫌记日记耽误时间，说这是多么老套的生活方式。可你细想想，一天的事情当中，有什么能比得上对自己所作所为的反思更重要呢？

遥想未来，当我们步入老境，拿出我们曾亲手记下的一摞摞发黄的日记本，它们可是我们曾经年轻过的见证。我们经历过的艰难与喜悦，体会过的友谊与亲情是多么多彩的世界，如果我们不想让这些宝贵的经历随着时间的流逝在我们生命中淡去，那么，每天半小时的付出又算得了什么呢?

日记也是将来留给孩子们最珍贵的遗产。这些“小小的褐色种子”，如果能遇到那些有心的子女，定会长成“带有碧蓝和金色叶子的诗歌”，它把年轻人的狂热和老者的成熟见地摆在一起，那会是何等有价值的思考，何等的人生财富!

这次安妮在美的入学考试题目你也看到了，方式可不仅仅是标准化一种，形式和我们古代的科举考试似有一拼：写作成了学校选拔优秀学生最重要指标！而想在写作上脱颖而出，那可不是一朝一夕的功夫。平日对生活的观察、对书籍的阅读、对各类事件的深入思考……样样做到真是个大工程，可是想想也很容易，每天花半小时写上几句，长此以往，积累起来，不就都在里面了吗?正所谓“骐骥一跃，不能十步；驽马十驾，功在不舍”也。

再叙!

姐姐

肆

生活真是个最称职的导师，在她面前我们都是孩子，有什么不懂的，她总能找到合适的途径解决我们的疑惑。

树洞不可久居

珮嘉：你好！

来信说安妮在学校向老师求教，正遇上休息时间，所以被老师拒绝了。安妮感觉遭到了怠慢，心里很难受，我看你这个妈妈似乎比孩子还要沮丧。对此我非常理解，因为正巧，远在北京的琳达也遇到了类似的事情。

鉴于琳达在文学方面的特长，她所在的中学给她在某科研机构聘请了一位文学导师。为了筹备和这位年轻学者的初次见面，琳达用了数十天的时间准备了一篇三千字的论文，然而在琳达这些日子的苦干与诚惶诚恐的期待中间，一直是这位年轻人在电话里和孩子做各种形式的推托，要么是电脑坏了，要么是在偏远地区调研……我虽然隐约感觉这里面似乎出了问题，但依然宁可相信我的猜测是多余的。可最近的一次通话却告诉我，人的直觉往往会成为事实——这个年轻的学者之所以推托对琳达的指导，计较的正是课时费和工作量。

其实这种事情在我的周围并不鲜见，而且我也能理解，但令我感到最难办的是：我怎么和单纯的琳达交代这个事。在她心里，老师从来都是“圣人”的形象啊！我把疑虑在电话里和琳达的语文老师交流了，刘老师的一句话点醒了我：“孩子没有您想象的那么脆弱，感受一下家庭之外的无情又能使她怎样呢？”

放下电话我突然想起好友曾谈到的童年的那些往事：端着板凳去别人家看电视，看兴正浓，电视的主人却拉闸断电。类似这样成长历程中的尴尬，在我们那个年代有几人没有遇见过呢？为什么我们的子女就要回避这个环节呢？难道就因为他们是我们的独苗吗？

这让我记起三年前咱们带孩子们去迪斯尼乐园时，琳达和安妮不愿意离开那个充满童趣的大树洞的情景。她们嚷嚷着要永远生活在这样的童话世界中，再不想出来。看着她们天真的样子，要不是怕误了巴黎地铁的末班车，还真是不忍心让她们“还俗”呢！

琳达和安妮他们这代人，在家庭中都是独生子女，他们的一举一动都会得到家人及时的关注，但处处充满温情的家庭其实和树洞一样，不是他们即将面对的真实世界。到了社会上，没有人会把他们当掌上明珠供着，遭白眼儿、遇冷脸是再经常不过的事情了。父母在家庭中为孩子们筑起的宠幸之墙不可能一直保有为他们遮风避雨的功能。事实上，孩子们面对人情世故，甚至世态炎凉也只是个时间问题。就像先前刘老师说的：“孩子碰一鼻子灰，甚至摔个跟头，又能怎样？挫折虽让人感觉不舒服，但却能使人更坚强！”这样看来，早早让孩子们从童话世界中走出来，对于他们将来面临生活的坎坷或是遇见大风大浪，还真不见得是一件坏事。

再叙！

姐姐

一张纸巾的力量

珮嘉：你好！

半年前，电视里播了一个新闻，大意是一个老人在昏倒后被好心的路人救助，老人醒来后不但不感谢，反倒诬陷救助者，让做了善事的人有口难辩。琳达和安妮看了这条消息后十分气愤，嘟囔着“我们以后不要同情陌生人了”。在这样的情况下，我一时还真想不出怎样回应孩子们的愤怒和疑惑。只好用“别瞎说”来勉强履行一下我做家长的职责。可仅几个月之后，就又爆出了黑龙江 17 岁女孩胡伊萱因为帮助一名假装肚子疼的孕妇而葬送了自己如花的生命的事件。这次，别说是孩子，连我这个成年人都有些黑白难辨的感觉。“同情”二字在孩子们心中的去留再次命悬一线。而当我为此一筹莫展的时候，琳达却在生活中找到了答案，下面是琳达给安妮的信，看后我很有感触，也发给你看看。

“安妮：还记得春节你回北京的时候咱们说‘以后不要再同情陌生人’的话了吗？今天通过一件事，我觉得这样说还是有些不妥。今天上午，我和几个同学做志愿者服务，任务是到每个家庭做社区服务满意度调查。我们好心好意敲居民的门，可回应的大都是狗叫或是不客气的闭门羹，只有少数人会打开门帮我们填写答卷。要不是这些好心人伸出援手，我们这志愿者的任务还真是难交差呢！这件事让我想到，其实我们每个人都有需要同情的时候，因为每个人都会幼小、衰老和脆弱，面临疾病或是贫穷的困扰……”看到这些话，我第一感觉就是：咱们平日引导孩子们从生活中获得思考的努力真是没有白费。而让我感动的还不止这封信所带给我们的启发。

今天带琳达乘公共汽车到少年宫打球，车上有个女孩子晕车，伴随着呕吐，鼻涕眼泪一起落到了塑料袋里。周围的人对此都很漠视，没有人愿意给这个女孩子让座，离女孩子较近的人们还露出了嫌弃的表情。虽说车厢里表面上很平静，遇到这样的事情，相信很多人的内心都会起些小波澜。我和琳达站在离女孩子不远的地方，可惜我们都没有座位，当然也自知没有权利要求有座位的人让座。就在我这个家长又一次在“同情心”问题上感到尴尬的时候，却是琳达的一个举动解了我的围。只见小家伙儿从书包里掏出了一张纸巾，无声地示意身边的一个乘客通过另一个乘客传给了那个女孩子。让人始料不及的是，这次安静而默契的传递，竟使车厢里的气氛陡然发生了变化，一张纸巾竟能生出如此大的力量——坐着的人恍然间发现了身边那个可怜的女孩子，还有很多搀扶的手伸了出来……琳达为此特别开心。我也确信，同情的种子已经深深地扎根于孩子的心间了。

很难想象，一张薄薄的纸巾竟能如此拨动人们的心弦。久违的同情心仅在几秒钟的默默传递中便能迅速回归，可见人们对真善美渴望的力量还是很强大的。之后，琳达还在日记里写下这样的话：“我们在给予他人同情的时候，受益者还真不只是那个需要帮助的弱者。送人玫瑰，手有余香，其实，‘施主’心灵所沐浴的滋养也同样令人享受。”

如果咱们现在和孩子们说，同情是人类多么美好的一种情感，想必会毫无障碍了。生活真是个最称职的导师，在她面前我们都是孩子，有什么不懂的，她总能找到合适的途径解决我们的疑惑。

再叙！

姐姐

把孩子们带去乡下

珮嘉：你好！

上月去了奥克兰，正逢倩怡回国，因此就住她那栋别墅了。房子前后都是花园，很宽敞。隔壁邻居是两位年过花甲的白人夫妇，很和善，每早遇到都会隔着篱笆问候我们。开始的一周我还没觉得怎样，直到一日，我伸长了脖子看过去，敢情这邻家的花园真是美人儿一般，低头一看自己的脚底下，虽然也是绿草青青，比起人家的草坪，就像早晨没梳过头的疯丫头。于是忙放下手中的笔，翻出了储藏室里的割草机，大干一番。后来才发现，要想让这花园变身"白富美"，我至少得先当上半个月的村妞。几天干下来，虽然辛苦，可现在回想起那些日子的劳作，还真有些留恋与不舍的感觉呢。由此想到孩子们是不是也该放到农村去享受一下农家生活呢？说干就干，这次放假回江苏老家，我就把农活交给了琳达和回国度假的安妮，两个孩子从早到晚在田地间穿行，劳动不但让她们感到了实实在在的辛苦，也让她们深刻体会到什么是真正的舒适。

农村真是个好地方，这种感觉是我们这些长时间地坐在房间里的城市人不能想象的。早晨5点，天已是大亮，打开门，就可享受到一个完美的乡村的早晨：所有的草木都挂着露水，被太阳从东边的地平线上放出的光照得晶莹剔透，湿润清新的芦苇香气与树上白头翁和其他众鸟的合唱，洗涤着我们的困倦。晨练的途中，望见不远处，稻田被晨雾笼住，两个老农的剪影告诉我们，其实我们起得已经很晚了。这是城市生活不能给孩子们的感受。包括我这个成人在内，我们不知道那边田间的农民在干什么，而周围的寂静似乎让我们意识到，早晨5点钟起床跑步，在农村是多么愚蠢可笑的举动。在这里，人们会攒足了力气劳作，哪里会这样傻气地乱跑。

早饭后，已是艳阳高照，孩子们被我带到了芋头地里除草。她们往日对父母的“下床气”这时完全变成了对大太阳的怨气，我暗自发笑：没有比劳动更有效的良药了，这样地艰苦做工，恐怕一百个青春期也难是对手。果然，几天的劳动下来，孩子们最初的烦躁平息了；平日的小脾气也像是地里的杂草一样，被连根带茎地拔掉了。我这才如梦方醒：看来繁重的劳动不会气着她们，反倒是平日的“伺候不周”会招她们大发雷霆。书房，永远不会让孩子们晓得，这里才是生活的根本。有了这样的体验，她们才会感觉到，面前温热的稻米盛载了多少辛勤带来的惬意。

农民若是放下手中的镰刀，坐下来，把大把的时间花在讨论人生哲学而非谷物的价格上，这样的举动一定会让你联想起我们在田间跑步的洋相。然而，对于城市的孩子，乃至我们这些五谷不分的成人，坐在田埂上追究些我们平时连自己都难确信的人生道理，这样看似荒谬的举动，实际上却也可归为一种久违的真诚。为什么不呢？这样的生活让我们理解了很多我们过往不能理解的东西，体会到我们不曾经历的感受。比如农民为什么会有他们固有的穿戴和做派；为什么劳作后的片刻休憩，会比我们平日在席梦思上长长的午睡要舒服很多。

有了对艰苦生活的体会，我想，父母平日和孩子间你来我往的那些说不完的官司似乎能被省去很多：和烈日下的农活相比，洗袜子、叠被子，哪件事还值得在她们的作文里讴歌炫耀呢？

再叙！

姐姐

我们正在逆行吗?

珮嘉：你好！

来信说，你很着急在新西兰竟然找不到一家给孩子辅导功课的"补校"，很奇怪那里的家长怎么就那么不把孩子的功课当回事儿。你现在的样子，让我想起一个笑话：一个人开车逆行，却在奇怪为什么所有人都在逆行。

这次去澳大利亚小住，给我印象最深的是那里的中学生没有死记硬背的习惯，所做的科技实验，质朴而充满想象。这让我的记忆回到了上世纪80年代在北京市少年宫航模组的经历。当年，汪耆年老师指导我们观察蜻蜓的翅膀，放大镜下，我们看到了和之前的料想完全不同的情况。接下来就是汪老师仿生学、流体力学的教学和实践。想起这些，我还真有点儿糊涂了，进入了新世纪，我们的教育不是在进步，而仿佛是在倒退，或因教育产业化，或因竞争白热化的种种观点，从寓教于乐滑向纸上谈兵、唯分数论，而且支撑这种倒退的恰恰是我们这些师长真心实意的迎合。这里，给你说个我上周的经历。

琳达中考结束了，我想趁着高一不忙，让她去少年宫科技组找个课题做做。少年宫最东头的两个院子，二十多年了，模样一点儿都没有变。我边兴奋地让琳达给我拍照，记录下这次故地重游，边给她介绍："这是你妈我高中时代搞科研的地方。外院儿是航海、生物组；里院儿是航空、地质组；中间的礼堂是文学组。""当时我们用的可都是日本进口的遥控器，一千多块一台呢！知道80年代一千块相当于现在多少钱吗……"说话间，那扇久违的航模组房间的大门居然开了，跑出了好几个手舞足蹈的小不点儿，说是下课了。我拉着琳达，深情地把头探进教室，刚想给琳达显摆一下我们当年"高端洋气上档次"的科技活动，只听得屋角老师冷冷的一句话甩到了我的热脸上："考试呢，家长不让进！"斜眼一看，敢情老师在利用课间检查孩子们背英语单词呢！红着脸回头一望，这才发现院子里有十来个家长坐在台阶上，都是等孩子上课的，正瞅着我呢。琳达嘲笑我"自我错觉"良好："哪有传说中的航模组呀？这不是英语补习班吗？"别说，功夫不负有心人，后来，我们在外院儿还真找着航模组了！进屋和二十多岁的老师聊二十多年前的往事，那时的科技活动对孩子们分文不取，高三还来活动的孩子有的是，听得小老师目瞪口呆。末了我把琳达向老师举荐，老师笑答："您这还真是老皇历了，这儿都多少年不收高中生了。"要不是老师点拨，还真没注意。可不，在眼皮子底下晃的，是些连鼻涕都擦不利落的小不点儿！不死心，到管理组接着打听。负责报名老师的回答几近嘲笑："高中生都奔高考呢，哪有家长还往这儿送的，像您这样儿的还真不多。"说得我像不走正道似的，脸再次不受控制地红了。琳达同情地挽着我："妈，不行我陪您挨屋看看，没准儿哪儿能翻出点儿您年轻时候的旧梦呢！"看着往日我们曾经试飞、试航的小院子里坐满了等孩子们的家长，自觉也没什么再寻找的必要。一向自我感觉良好的自己，刹那间，却变成了那个逆行的车手。

最近听说少年宫要搬家了，报上说，新家会更先进，更宽敞，但不知里面的思想、里面的人们会不会也换换面貌。

你看，我在国内，想追追西方人教育的时髦是多么困难，而你在国外，却到处打听"补校"在哪儿。想来，你我在不同的地方却都闯入了逆行道，这是什么道理？

再叙！

姐姐

“战争”后遗症

珮嘉：你好！

从来信中得知你终于在奥克兰为安妮找到了稀有的“考试冲刺班”。安妮今天电话里告诉我，辅导老师说，若是上了她们的补习班，考场上的感觉基本是无敌，就是白人学霸有时也难和他们打造出来的毕业生抗衡。听到这个消息，一方面让我为你们长舒一口气，毕竟刚到国外，人生地不熟，孩子也算是有了个落脚的地方了，另一方面也产生了一些题外的想法。

说起考试，让我想起两年前琳达参加国内中考时，在她学校里发生的一件事情。当时教委为了给孩子减负，规定学校只能给孩子们使用一本习题集。可是，为了孩子们在中考中能取得最好的战绩，基本是每个学校都会选择两本以上的习题集让孩子们练。逢上级来查，据我所知，无一例外，各个学校都会要求孩子把多余的练习册交上来，暂时锁在老师的柜子里，等检查组走了再解除“警报”。几乎所有的孩子甚至家长都乐于加入这个猫和老鼠的游戏中来，事实证明，这样的合谋也确实使孩子们在中考中受益。拿到满意的成绩，没有人会再提起那个不那么经得起推敲的做法，倘若有人为此抱怨，相信也定会有家长为这种紧急状态下的非常手段站出来辩护，甚至指责抱怨者没有良心。想想也是，谁会在战场上还讨论开枪动武的是非呢？无疑，在孩子、老师、家长的脑子里，考场就是战场，因此，为了在战场上获胜所采取的一切手段都是可以理解的！

清早，开车上班，灰蒙蒙的空气令人窒息。广播里热议的是未成年人L某某涉嫌强奸案今天要宣判的消息。同样是孩子的母亲，我多么庆幸自己此刻正在扮演的是旁观者的角色，但也确实有一个疙瘩在心中盘结：一个十六七岁的未成年人，为了在这场官司中获得无罪的结果，他一定不可避免地接受了律师出于战术考虑的不少善意的“指点”，而孩子的父母亲，此时，一定也无暇顾及为儿子一生着想的、做一个诚信的人的战略思维。这个时刻，官司的输赢是头等大事，当然不会有人去考虑这场“战争”将要留下的后遗症，但它的确会为这个少年的将来埋下阴沉的伏笔。

不过，这个案子后果再严重，受伤害的其实也只是有数的几个人而已。而我上面给你讲的那个老师、家长与孩子们的合谋“游戏”才真叫人痛心！暗中自问，我们齐心协力制造的是一种什么样的道德环境呀！这样的环境与今早出门见到的雾霾空气好有一比，人们不会立即中毒倒地，但无论是对个体，还是整个民族却都是灾难，只不过慢性而已。我不禁追问：是什么力量让现实中的孩子都浸泡在这等污浊的空气里？以我们成年人现有的智商，我们不会分辨不出这样的阴霾即将造成的后果。

怎么说着说着，成了忧国忧民了。其实我更想说给你听的是，人的一生不管是主动还是被动，要经历的考试有无数场，如果我们把每次考试都当作一场要定人生输赢的战斗来对待的话，我们原本很自然的生活路径就会沿着扭曲的轨道前行。紧急状态下的很多无奈的手段若是成了我们谋生方式的常态，对于孩子未来思想和行为的指引会是一种什么样的导读，我想，我们这些成年人是应当有所预见的。

再叙！

姐姐

舍不掉的考试人生

珮嘉：你好！

上周来信说你们已经在奥克兰安顿下来，这让全家都很舒心。今天接到你的信，字字句句又换成了忧虑的颜色：安妮在新西兰的学校和美国比，“放羊”的程度有过之而无不及。你问我怎么办，我想来想去，隐隐觉得，这个事儿追问的似乎不仅仅是如何应对孩子学业的问题。

但凡一件事物的存在必有其存在的道理。之所以国内的应试环境充满着“火药味”，最根本的无非就是国内优质教育资源稀缺这个原因。考试是筛选孩子智商和勤劳程度最公平，也是最简便的程序。此刻，这样的“考试文化”在你那里虽已不复存在，而你却延续着以往在国内的惯性思维：不拿考试压着，孩子们成天傻玩儿，能学着什么呀？

此外，我也在想，习惯了考试人生的我们，看到孩子的双手被从考试这条生产线上解放出来，迷失的惶恐便随之而来，这也的确顺理成章。细想想，这哪里只是小孩子所独有的，对于我们自己，其实也一样会面对这样的问题。

昨天林雨来我这里聊了两个钟头，她目前的处境和安妮学业的失控似乎有相似之处。因为生活条件的宽裕她辞掉了工作，经过了短暂的放松之后，蓦然发现，自己更是习惯于被工作驱使的生活。没有了生活的压力，竟有身心无处安放的感觉。看到这些，我不禁有些疑惑：我们一贯崇尚的不屈不挠的奋斗精神，难道是生活所迫的产物，而不是个不折不扣的美德吗？我自知，这样的假设会很冒险，不一定会被大多数人认同，特别是从艰苦环境中过来的，咱们父母那辈人。

你说你很认同“考试文化”带来的好处。不错，考试使孩子们高效地学会了知识、掌握了技能，但我说，这只是叶子光亮的正面。如果你对安妮的人生期望不仅仅是有碗可以果腹的饭的话，那么我便有了展现叶子背面的可能性，那里是走向分明的叶脉。

不知你发现没有，但凡那些真正获得巨大成就者，不但不是那些生活上手疾眼快的“小蜜蜂”，其中的很多人反倒是那些要么在物质上，要么在精神上均处在从容状态的悠闲人士。这说明，人在充分拥有闲暇的情况下，才更有可能具备深刻思考的能力。在我看来，很多时候，心灵的冬眠看似无为，事实上却是在聚集巨大的能量。为聆听林中的鸟鸣，能够从忙碌的人群中走出来的那个人，一定有着某种与众不同的品质。他不会因为一担稻谷没能卖出最高的价钱而焦虑，也不会去无休止地攀爬所有他眼前的台阶。这种品质让他呈献给人们的是成熟的态度、优雅的举止。在此期间，他不会放弃的一定是其所追求的专属于他的那件事情。

然而，在这个对蜜蜂的辛勤劳动处处称道的社会，人们无法想象，你为什么不着急把树上的樱桃运到集市上去卖掉，而是卸下背篓，热衷于品尝山间的一缕清泉。为生活增添安宁的沉思之美的举动，正随着人们日复一日的匆忙行踪而渐渐远去。而我觉得，恰是这份安宁，才是促使孩子们成就人生的所需。

以上的话不是所有人都能理解，但却被身边无数的例子所印证。成功不是急功近利快步行走的叠加，更不会对你考试前局促不安的祈祷大发善心。自行车的链条上得过紧，或是车蹬得过猛，扶把的手越是僵硬，最终并不见得会得到令人满意的速度。相反，孩子们若是在更宽松的环境下进食那些科学的珍馐，留在人生考卷上的才会是真正的佳酿。你可千万不要以为我说这些话是在宽你的心，这可是你的老姐四十不惑的重要所得。

再叙！

姐姐

假设叛逆是合理的

珮嘉：你好！

明天是安妮12岁的生日，用你的话说，安妮就要进入青春期，而现在的她似乎已露出逆反的端倪。你我虽远隔重洋，但对你惶恐不安的心情我却能感同身受。

看你数落安妮的长信，我很是理解你焦急的心境。可你要知道，这样的烦恼并不是你家独有的，家家都有本难念的经，只不过内容不同而已。此时，你既要正视令人不快的现实，又要努力把目光移向远处，放到更积极的事情上去。为眼前的烦恼而烦恼，对于事情的转机没有任何帮助，问题的关键是——想办法。

孩子们的人生将来是个什么样子很难说清，但可以肯定的是：她们的将来不是你我所预想的那样，就像咱们的父母也预测不到今天你我的模样。我的经验是：别指望孩子会因为你焦急的心情而自省或改变什么！我曾在一次和琳达的闲聊中问过她一个问题："为什么你们小孩子明知道父母的很多话是对的，是在为你们着想，却不愿意照着这些话去做呢？"琳达的回答我觉得颇有道理："其一，谁会情愿自己被别人驱使着走过宝贵的青春呢？即使可以因此少摔些跟头，少走些弯路；其二，如果轻易答应了父母的第一个要求，你们更高的要求还有一大摞，干不完的！”

听了这样坦诚的回答，对孩子们的处境油然生出一丝同情。这就像婴儿学走路的样子，父母怕孩子摔，用力把着，婴儿虽然腿软得不能支撑自己的身体，但向前的心气儿总能通过他们摇摇摆摆的小身子看出来。由此，我忽然觉得孩子们的“逆反”真是合理得很！

我们不妨试试，倘若我们真诚地对孩子的忤逆表现一下大度，暂时关闭一下那张总在唠叨的嘴，孩子“得寸进尺”的可能性到底有多大呢？烦恼是徒劳的，唯有想出高招儿才是解决问题的唯一途径，而且，还得有点儿韧性和耐心。

看到孩子没有珍惜时间，不要只是一味地责备，可以试着用关心的口吻问问她：“你今天为自己的目标做了些什么？完成效果如何？如果可以制订个计划表帮助一下自己是不是会好些？”看到孩子穿戴不得体，也不要急于纠正或挖苦讽刺，审美观的树立还得从根儿上树立……必要时，可以采取写信的方式，把想说的道理富有逻辑地表达给孩子。当然，要做到这些并不是很容易，而一旦做到了，相信，我们和孩子都会看到与以往大不相同的家庭气氛。

除了不发那些不假思索的“连珠炮”外，还有一点也很重要。不知爸爸妈妈在咱俩幼年时着急的样子你还记得多少？现在细想，老人家那些烦恼，对真正改变咱们所起到的作用其实并不大，而能起作用的反倒是被父母忽略掉的那些他们自身的行为方式——孩子会去不自觉地模仿。知道这一点，那就不妨试着把眼睛从孩子身上移向自己，修炼自己的言行，坚持一段时间，可能会有意想不到的效果。

放弃和安妮天天较劲儿的生活方式，将你的目光连同你那把紧握的标尺从孩子的身后移开吧。在安妮面前展现一个有着丰富生活内容、理性优雅的自己，而不是那个成天絮叨、内心只有一个孩子的“事儿妈”。生活告诉我们，把注意力过分执着地盯在一件事上，或太过努力地去和困难成天冲突，并不见得一定会得到想要的结果。

想想十年后的安妮，22 岁，风华正茂，学业有成，再提起当初她逆反的样子，大家不过是一笑而已，你今天的气也就白生了一场。再过十年，她 32 岁，你我已是年过半百，恐怕又轮到她为一个更淘气的小安妮开始新一轮的烦恼了。

再叙！

姐姐

孩子的工资怎么计算？

珮嘉：你好！

来信提到安妮在这学年公益活动中获得了学校的嘉奖，今天安妮还高兴地和你一起修剪了花园。你问我要不要给予她些物质奖励，还告诉我，安妮说她外国同学的家长都是这样做的。想想这个交易也确实有道理，我们成人世界不也是按照这个规则在运转吗？通过劳动获得报酬是合理的，劳动之后得不到应有的回报是不合理的。为什么小孩子的劳动就不给予其价值的肯定呢？

上周，在学校门前接琳达时，听到三个妈妈在聊孩子的育儿经，其中不仅提到智商、情商，还提出了财商的培养。一个妈妈夸奖自己的儿子从小就具备过人的财商，小学二年级，就把帮助家中擦桌子、扫地、洗衣服的各项劳动都标上了价格贴在墙上，几年下来，孩子因为劳动而获得的报酬已经过万，而他的自理能力、自立能力也是同龄孩子中的佼佼者。这让我忽然记起十几年前我曾看过的一篇文章，题目叫作《妈妈的账单》。近年，这篇文章也被收录到我们国家小学的语文课本中了。

故事发生在芬兰的一对母子之间。有个叫彼得的孩子，在他 10 岁那年的一天早上，给母亲写了这样一份账单——母亲欠彼得如下款项：帮家中取回生活用品，20 芬尼；帮家里把信送往邮局，10 芬尼；在花园里帮大人干活，20 芬尼；为他一直是个好孩子，10 芬尼。母亲在餐桌上看到这份账单后，无声地把 60 芬尼放在了桌子上。正当彼得为自己的小聪明得逞欣喜不已的时候，次日早上，彼得也收到了母亲给他的一份账单——彼得欠他母亲如下款项：为他在家里过的十年幸福生活，0 芬尼；为他十年吃喝花销，0 芬尼；为他生病时的护理的费用，0 芬尼；为他一直有一个慈爱的母亲，0 芬尼。彼得看完这份账单，羞愧不已。

说起给孩子的劳动奖励这个事，让我不禁想起马戏团里的那些小动物，它们从来都是为驯兽师手中的食物去做那些有难度的动作的，动物永远不会从观众的笑声中得到付出的快乐，它们想要的仅仅是“奖励”。这和小孩子为自己的劳动索取报酬似乎有相似之处。孩子为家庭所付出的劳动的确是有价值的，但我们应当引导孩子们知晓，对这种价值的回报有两种形式：第一，就是从经济学角度，把劳动科学地量化，让孩子们知道他们劳动的价值所在；第二，让孩子们懂得世界上最有价值的，往往是一些难于用金钱衡量的东西，那就是无私的爱，而付出爱的过程又是多么幸福而伟大。上面这位芬兰妈妈的账单已经把这两点智慧地告诉了孩子。因此我们要鼓励和教导孩子：劳动的重点在于享受帮助他人的快乐，而不是引导孩子把目光盯在获得报酬上。

除此之外，我还想提醒你的是，孩子们财商的培养固然重要，同时我们也应从学科、职业的角度让孩子们获得相应的知识和灵感，万万不可与对他们情操和价值观的要求混为一谈。

再叙！

姐姐

橱窗上的话梅核儿

珮嘉：你好！

今天来信讲，你最近对安妮严格要求的力度有所加强，并盛赞每天晚上的母女恳谈会都能在真诚的“批评和自我批评”的气氛中进行，对此我实在不能认同。依我说，你们每天晚上最好再加上个“表扬与自我表扬”，甚至来个“自我吹捧与相互吹捧”的环节才对。俗话不是说，好孩子是夸出来的吗？光搞批评怎么能行？

记得五六年前，我带着琳达、安妮和从老家来北京旅游的小表妹真真参观美术馆。真真是个调皮的孩子，参观的时候漫不经心不说，还居然在展室里旁若无人地吃起了话梅。当时，我偷眼看了一眼琳达和安妮，读出了她们脸上对这个来自乡下伙伴的不快。为了让三个孩子能融洽相处，我赶忙过去提醒真真在展室里是不能吃东西的。真真很乖地点点头。

五分钟之后，当我们走到一个展柜前准备参观里面的艺术品时，出人意料的事发生了。夺人眼球的不是展柜里的雕塑，却是橱窗下方一枚潮乎乎的话梅核儿。黑暗中，我自觉脸已经红到了脖子，并且已经感到了安妮愤愤的目光直对着我射来，好像在说，你让我们陪的这是什么伙伴啊！真真的尴尬可想而知，这是个不必验证的事实，看着小家伙羞愧的样子，就知道真真已认领了这枚该死的话梅核儿。三秒钟，我脑子里一片空白，不知道是从批评真真开始，还是……正在我找不着地缝儿的当口，只听琳达不紧不慢地对真真说："真真，你有东西落这儿了。"半秒钟，还没等我反应过来，真真像变魔术似的捡走了那枚橱窗上的话梅核儿。之后的两小时，真真像变了个人，再也不像先前那样懒散，规规矩矩地跟着琳达她们完成了整个参观。看到这里，不知你是否能找到真真参观展览前后，这样大的转变背后的动力——实际仅仅是真真在印证一件事情而已，就像琳达姐姐"认为"的那样，她真真是个守规矩的好孩子。

回家后，安妮拽着我的袖子，神秘地对我说："姨妈，琳达姐姐真傻，刚才那枚话梅核儿其实是真真成心扔在橱窗上的。"困倦的我勉强睁开一只眼睛应付了一句："你以为琳达姐姐比你还傻吗？"只有八岁的安妮先是愣了一下，然后像是突然明白了我的意思："姨妈，我知道了，这叫作宽容。"

其实这样的例子在我们生活中举不胜举，而且是正反都有。不光是孩子，成人的心理也是如此，当别人尊重你、高看你，把你当好人相待，你还忍心自己作践自己，不把自己当回事儿吗？相反，人若是整日被人防范，被他人当贼盯着，做什么事情都是为了证明自己“我并不是你想的那么糟糕”，这样的心理暗示怎么能帮助我们成就一个杰出的人才呢？如果好人的标准对孩子们是那么遥不可及，我实在想不出，他们做好人的动力何在。

所以，建议你的恳谈会除了有令人双腮发热的“麻辣烫”，不妨再加些令人愉悦轻松的糖醋的味道。

再叙！

姐姐

考试前的心跳

珮嘉：你好！

来信得知安妮已通过了她心仪的那所中学的初试，明天一早要进行的复试就显得太关键了。你说，你感觉比自己考试还要紧张，恨不能“替女从军”，搞得安妮也跟着六神无主的。看到这话，有如见到你着急的样子，拿起电话想跟你说上几句，算算时间，正是你们熟睡的时辰，所以还是写信吧，但愿你一早醒来能看到。

上周，我陪琳达去电视台参加 SK 状元榜知识大赛，让我惊讶的是，琳达面对高手如林的局面，临场不乱，从容做答。所以今天接到你的信后，我忙向琳达求助：“你说怎么才能使安妮妹妹在考试的时候不那么紧张呢？”她的回答貌似敷衍：“一来，腹有诗书气自华；二来，无欲则刚。”细想想，事实上也确实是这个道理。“腹有诗书气自华”说的是知识储备要充足；“无欲则刚”说的是修养问题。

对于现在的安妮来讲，知识的积累已经定型，考前为此焦虑已是徒劳。所以，我想，你们的紧张情绪恐怕就是来自和“胜利只有一步之遥”的热望，也就是无欲则刚中的那个“欲”字，所以，你的问题我觉得主要还是个修养的事情。

和12岁的安妮不同，已将步入不惑之年的你，生活经历如此丰富，为何还会为女儿的一次转学考试战战兢兢？考不取，不过是再选择其他；考取了，又能把它看作人生走向成功多大的筹码呢？

我经常和你说，人生不是短跑，而是长跑。某一阶段跑在前列，并不能表明后面的名次，更不要说最终的结果。昨天，看到报上一条消息正印证了这个道理：目前在美留学的孩子，据几家知名高校统计，居然有25%的退学率，这真是让人难以相信的数字。当初，这些孩子是以非常优异的成绩获得美国知名大学的入场券的。可以想象，面临美国大学宽进严出的考核制度，这些原本在国内超群的“学习机器”，遇到西方立足阅读与写作、强调创造性思维的教学模式，在学术上他们陷入的是何等举步维艰的局面，当年考取的欣喜在退学的无奈面前戛然而止，回头想想，之前的心跳便成了徒劳。

对于现在中国相当一部分父母而言，孩子学业的成功似乎占尽了子女人生幸福的全部，这里面当然有特定的社会因素对我们思维的影响，但从更长的时间、更宽泛的社会空间的角度观察，我们却不难看到，有些人学业、事业几十年顺风顺水，位高权重，到头来或因健康、或因其他，深陷不幸者亦有人在；而有些人，或如摇扇村夫，或如白发农妇，虽一生无大富大贵，却平平安安，儿孙孝顺，也足以让前者欣羡不已。在漫长人生中，那个和“胜利只有一步之遥”的感觉其实只是个假象。何为胜利？何为成功？学业、事业，人生的内涵哪里就止步于一次次考试呢？因此，把眼光放远，把心胸放宽，把学问与功利分离，恐怕才是阻止考试前心跳的良方。

刚才你电话里说，这种考前的心跳恐怕深层的原因还是担心孩子考不取会在亲朋面前丢了颜面。我看这话也是正说到了点子上，不过你也可静下心来想想，类似这样“丢面子”的事情谁家不会遇到呢？你这种事事都要拔头筹的“完美主义者”的心理，说好听点叫“要强”，而事实上是在和客观世界较劲儿，是“胳膊要拧大腿”的现实版。明眼人把这样的人称作生活中的执迷者，遗憾的是，这样的妈妈在生活中数不在少，而你就是其中之一。其实在安妮参加的这种千里挑一的选拔性考试中，正确的心态是：考不取是正常，考上了应是超常！

再叙！

姐姐

爸爸的U盘

珮嘉：你好！

最近发生的一件小事引起了我无限的愧疚和感慨，写信说来你听听。前些日子，我曾嘱咐琳达从学校里买几本他们学校的刊物带给我看，可一个月过去了，刊物一直也不见踪影，每次问她，不是没有时间去编辑部，就是那里没有人值班，直到今天早上我向她发了火儿，她才答应三天内一定办到。

按往常的习惯，送走上学去的琳达，我便开始了黎明即起、洒扫庭除的工作，不经意在擦写字台的时候把一个U盘碰到了地上。呦！这不是爸爸的U盘吗？在我的记忆里，这个U盘晾在这里两个月不止了。记得还是在今年夏天，爸爸顶着大太阳，一进我家的门便从书包里掏出了一个红色的U盘，兴高采烈地对我说："你姑姑给我买了个先进玩意儿，容量特别大，能装上千张照片。麻烦你把你电脑里老家的照片给我复制些，我和你妈平时就可以插在电视上看了。"然而，这么长时间过去了，我却没把这当一回事去办。每每接到爸爸的电话，爸爸总是耐心地问我："最近要是工作不忙，就帮我拷些照片在盘里，你时间紧，不用跑来我这儿，我去取就是了。”

今天要不是琳达的事情敲醒了我，恐怕我还会再跟爸爸说些连我自己都不会相信的谎话呢——即使再忙，给父母亲拷些照片的时间总还是有的。何况，自己也没有那么忙，不是吗？两个月中，我算了算，至少去过五次咖啡馆，两次电影院，还有陪着孩子逛公园什么的，大把的时间都给了孩子和自己，到了父母那里却一个“忙”字敷衍，真是没有良心的托词。现在想来，琳达对我命她买书那件事，一拖再拖，说不定也是从我这里学来的呢！上行下效，我们怎么对自己的父母，他们照着我们的样子学，不是很符合人类模仿这一本能吗？

今年回老家，到医院里看望瘫痪在床的93岁的奶奶，我发现，一遇到护工收拾奶奶的便溺，就能看到当年她疼爱的我们这些子女却躲得又远又快。回来，我就一直在想：为什么做母亲的从不会嫌弃孩子的臭，待到她们躺在床上需要照顾的时候，同样的味道，子女却那么不可忍受。后来，我似乎悟出了些道理：看怀中的婴儿，父母看到的是希望，臭气被蒙上了希望，自然也就不觉得那么臭了；与此相反，卧床不起的老父老母，让子女看到的却是末路，若是没有对父母的感恩之情在心中，赤裸的味道当然会很不堪。

去年在国外度假，经常和爸爸在住所附近的一所养老院旁边散步，爸爸介绍说：“这个养老院设备特别先进，能住到里面的也都是当地很有钱的白人。”后来，时间长了，我逐渐注意到那些蓝眼睛望我们的神情，有时还会看到他们向我们微笑着挥挥手。我猜想，他们一定是在羡慕爸爸天天有女儿伴在身边吧。

从那以后，我便很注意了解西方人对于中国人养儿防老的看法，每次我都能强烈地感受到他们对中国老人多有儿女关怀照料的欣羡。由此我也深深体会到，中国文化中有很多内容是西方世界难以企及却不被我们自知的，其中最动人的部分莫过于那个“孝”字。这样的美德能在十几亿人口的范围内流传数千年，足以让世界上每个国家的人为之动容。我们身在其中，反而时常淡忘，真是不该。

再叙！

姐姐

伍

和孩子一起长大的感觉真是奇妙，他们成长历程中的许多点竟与我们曾经失落在生活中的很多珍贵的东西形成完美的契合，有时使我惊讶无比……

母亲也是一种职业

珮嘉：你好！

从你的来信看，安妮的淘气让你伤透了脑筋，并抱怨为什么老天没赐给你一个爱读书的琳达，能让你像我一样全心投入工作，不去操那些孩子的闲心。这让我想起了爸爸说的一句玩笑话："你妹妹总嫌安妮读书偷懒，我看，是她这个妈妈自己偷懒，总想抱着个不哭的孩子。"

听了爸爸这样的话，也许你觉得不服气，你会说："我不是每天都在盯着安妮做功课，为她忙这忙那，似乎手脚一刻不曾闲过？"但我说，问题的关键不是你做过什么，而是你用什么样的心态在做。

我的琳达能有对知识如此热爱之情，并不是像你想象的是与生俱来的，好多时候是需要我不怕麻烦，亲自下手"和面"的，我的日子可不是你脑子中那般惬意。

周五，琳达放学回家，说是周末老师只留了一个作业，一篇自主命题的随笔，其余时间自便。听后我心里就嘀咕开了，都高二了，不赶紧多做些题，这么下去可怎么得了？更让我犯难的是，琳达想写的是一

篇讨论“科学和伦理”的文章，相信这个题目无论对谁都是个挑战。因此，整个周末，不光是琳达自己在“作茧自缚”，我们全家也都陷入为厘清科学与伦理之间的关系而冥思苦想的泥沼中了。一整天的时间耗费在无休止的争论和查阅资料中，我真看不出这样的事情和一年后的高考有什么关系，可琳达就是不撒嘴这块难啃的骨头。我的急可想而知，但为了保护她的求知欲，我还得耐着性子，摆出一副对这样的题目津津乐道的架势。这下你可知道我有个爱读书的女儿的难处了吧！俗话说，家家有本难念的经，谁都有不易的事。

很多女性都以做“职业女性”为荣，可我总是认为，其实，做母亲才是我们最能实现人生价值的职业呢。

让不易的事变得容易，让难念的经变得有趣，需要的是耐心和智慧，或者说得加入些做母亲的职业精神。当有一天，琳达向我抱怨

《瓦尔登湖》是一本让人很难读下去的好书时，我突然想起这与我十几年前的感受如出一辙：美丽的书名后面是需要十足的耐心才能体会的文字，这对于一个孩子的确不容易。当然，我可以佯装没有听懂琳达的慨叹，留在沙发里，接着欣赏那部我正为之着迷的《绝望的主妇》。不过，好在“另一个我”没有同意这样的做法，“她”关掉了电视，离开了心仪的肥皂剧，从沙发上站了起来，然后接过琳达手中的《瓦尔登湖》。那本有着蓝绿色封面的小巧的书，把我从现在拽回了少年时代，让我有机会和女儿共同感受梭罗非凡的思想和人生。

我觉得和孩子一起长大的感觉真是奇妙，他们成长历程中的许多点竟与我们曾经失落在生活中的很多珍贵的东西形成完美的契合，有时使我惊讶无比，我说这是天赐。不是吗？当年的我只有十七八岁，面对着《瓦尔登湖》优美而富有哲思的叙述一头雾水，如今，经历了生活的种种历练，看过了世间纷繁的变换，重温此书，还真生出“此中有真味，欲辨已忘言”的感觉来。

看我的信，你会在羡慕地微笑，还是在不解地摇头？我希望都不是。我知道你是个有能力的妈妈，而且学问在我之上，那又何不马上走到安妮身边，挑一本你们都中意的读物一起阅读呢？为什么迟疑？难道生活中还有比做妈妈更重要的工作吗？

再叙！

姐姐

考第一不是硬道理

珮嘉：你好！

听说安妮在数学年考中拿了班里的第一名，这对于一个初到异国他乡的孩子来讲真是莫大的鼓舞。可你来信却说，家长会上，格林老师除了意料之中的赞美之外，还给了安妮意想不到的批评，原因是在一次数学课上，安妮没有按老师的要求讨论数学问题，而是和另外一个数学成绩优秀的同胞聊起了关于手机的话题。你没有想到格林老师会给出那么重的话："孩子们滥用了我给他们的自由。"

"滥用自由"，有那么严重吗？这话的确让人听了不舒服，甚至会联想到和种族歧视有关的东西。不过，从你平时对格林老师的描述看，他对安妮是那么尽心尽力，这么想也真是不合逻辑。

格林老师"滥用自由"这个话，我一见到，有种似曾相识的感觉。后来想起，琳达曾和我抱怨过类似的事。

琳达是班里两门课的课代表，学期初，最头痛的事情就是收作业。原因是，老师留作业时，总是给学生留有很大的自由裁夺的空间，比如"挑出你认为本章中有价值的五道题去做"，在琳达所在的实验班里，此类留作业的方式比比皆是，这着实让我们这些孩子妈妈有些坐不住，毕竟，全北京城的孩子们都泡在题海里被“填鸭”呢！

中国的孩子习惯于被监督，而老师也常以用作业填充孩子的课余时间为天职。琳达班里老师的做法确实很冒险，会让相当一部分孩子有了不写作业的借口，特别是那些天分高的，睡觉都能拿满分的孩子更是如此，而事实也的确证明了我们的担心。琳达每次能收上来的作业本寥寥无几。她跟我抱怨：老师“民无信不立”的逻辑在国内行不通！

“民无信不立”这话虽是中国的老话，但在白热化的竞争中，我们大多数家长和老师哪里有胆量把自由还给那些不谙世事的孩子们呢？被沉重的课业枷锁束缚惯了的孩子，一旦获得了自由，样子就是我们先前所看到的一幕——他们会滥用自由。

这样的差异，格林老师非常不适应；你这个中国妈妈却会不以为然：孩子成绩第一才是硬道理！对于这样的中西方理念的碰撞，你没有简单地发发牢骚了事，而是写信来讨论，这很好。

安妮从国内学校转到国外念书已经两年了，回过头来看，最大的挑战不是语言和内容，而是理念和方式。在洋人的学堂里，与我们有着很大区别的是，考试的分数不再是学业成绩的全部。从这种形式上的不同，我们应当能体会出两地老师在教育思想上的差异。格林老师认为，分数只能说明孩子掌握知识的程度，并不能完全反映学生运用所学的知识去思考问题的能力和探索新领域的主动性，而这恰恰是西方教育的重点。我很高兴地看到，在国内，琳达学校的老师们大胆地向这样的方向迈进的步伐，事实证明，任何探索都是需要时日的，痛苦的过程往往是成功的代价。一年过去，琳达收作业的工作也逐渐好转了许多，我们高兴地看到孩子们已经逐渐适应了被老师信任的态度。而这件事情更大的意义在于，这样的改变不仅对孩子的治学态度有帮助，对他们的人格完善都会有很积极的影响。

我看，你这个中国妈妈“只有考第一才是硬道理”的思维一定要换换了。我们在扶植孩子学业的同时，还要想着提示他们，做学问可不只是考试那么简单，做学问里面还有做人的道理。

再叙！

姐姐

眷属仍是有情人

珮嘉：你好！

来信说艾森的父母，一对年过古稀的老人，从墨尔本远道飞来悉尼，竟然只是为了听一场两小时的音乐会。照片中，他们满头银发，目光恬静，让人想起《诗经》中“与子偕行”一句。这样的情形实在令人为之心动。在我们国家，别说是老年夫妻，就是年轻夫妇也少见这样的闲情呀！

中国有句老话：愿天下有情人终成眷属。可在生活中，成了眷属的有情人，往往随着柴米油盐这些琐事的接踵而至，对那个“情”字的期待也逐渐起了失望之心。“审美疲劳”，描画的不正是我们这些现代夫妇间的常态吗？哪里还会生出一起坐飞机去听音乐会的念头呢？

前日，琳达班里的老师出了个《青春与爱情》的题目让孩子们思考。这正合了我的意，不然我们这些家长是很难找到借口和孩子们聊到这个话题上来的。

你信上说艾森父母的事情真是极好的教材。这让我想起琦君在一篇文章中提到的石家兴先生的一句话“愿天下眷属都是有情人”。这句话，无论对于我们还是对于孩子，都值得深深体会。有些东方传统价值观背后的真谛，若不能早早植根于孩子们的心灵，现代社会中一些肤浅的生活理念便会占据他们的心。

以往，无论是生活中还是文艺作品里，都会把“愿天下有情人终成眷属”作为终极目标来追求，可事实上，若是让天下的眷属总是一对儿有情人，也并非一件很容易做到的事情。“要修到神仙眷属，须做得柴米夫妻”这样的老话，乍听起来虽然有些煞风景，扫了年轻人卿卿我我的兴致，但却是真正的金玉良言。我们在羡慕西方人乘飞机赴音乐会的浪漫的同时，也应当知道他们为培育房前屋后的花园所洒下的汗水。低眉细品，其实天下的事情都是一样的，没有艰苦的付出，哪里会得到美味的浆果？回头想来，我们虽不像西方人那么浪漫，但又何尝没有自己民族的深沉呢？此次回乡，为祖父母合葬，算算，两位老人有生之年，相濡以沫长达半个多世纪之久，其实，这样的深情同样值得世人称道，也让我们子孙永远铭记和效仿。

上面的话，可能会让那些少男少女们若有所失，但却是我们身为孩子们的父母一定要给她们的忠言，也算是一种给她们火热的心情泼冷水的智慧吧。

再叙！

姐姐

刺猬之间

珮嘉：你好！

前天，电话里的你因为安妮这个月按时完成了中文日记，高兴得不得了。听你夸赞孩子的语气，感觉你都快顺着电话线从听筒里钻出来了，生怕我漏听一个字。可只有两天时间，蜜水就换成了苦水，邮件里，你抱怨说，安妮越大，离你这个妈妈就越远。你想利用下大雪放假这几天帮她补补中文的好心，刚刚被安妮重重的摔门声击得粉碎，她的逆反已经到了不可理喻的地步。可巧，此前接到安妮的越洋电话，说你们那里下大雪了，她兴奋地猜测未来的一周学校很可能停课，这样她就可以找同学痛痛快快玩儿几天了。想必，你的抱怨和她的兴奋说的应当是一档子事。

安妮生活向积极的方面转变固然可喜，她能够坚持用中文写日记，这说明我们之前的努力并没有白费。但要知道，一个优良习惯乃至品格的形成，并非是一朝一夕能成就的。

孩子们贪玩儿、缺乏责任感、感恩之心，是我们家长最不愿在他们身上看到的；同样，他们也不喜欢我们身上那些，如多疑、爱唠叨、缺乏理性、对他们的世界少有理解这样的东西。要想把两代人的思想相互融合，没有个十年八年共同走过的岁月，恐难成就。

然而，不单单是你我，很多家庭在孩子成长阶段，都会或多或少地有不和谐的声音。现在很流行的说法是“青春期遇到了更年期”，我的体会还不是这样，我感觉这里面主要还是个修养的问题，特别是父母的修养是不是能达到驾驭孩子言行的高度至关重要。这里面有一个非常关键的因素，就是我们与孩子间保持一个什么样的距离才是孩子们愿意接受的。

这里我给你介绍一段话，也许会对你有些启发，是德国哲学家叔本华的语录，大意是：人与人的关系就像寒冬里的两只刺猬，互相靠得太近，会觉得刺痛；彼此离得太远，却又会感觉寒冷；人与人之间必须保持适当的距离，彼此才会快活。

这段话有趣又富有哲理，说的是自然界，放在父母和孩子的关系上同样适合。它提示我们不要以家长自居，任意侵犯孩子的时间和空间。你想帮助安妮提高中文水平本是让孩子取暖，但却侵犯了人家和同龄人交往的时间和空间，刺到了安妮。虽然这样的侵犯充满了善意的动机，但在给对方带来你体温的同时却没给安妮舒适的感受，反过来想，是否你也会愿意接受家人这样善意的侵犯呢?

你总强调自家人间相处不该有那么多清规戒律，但善意的心的确需要恰当的表达方式。你那些“刀子嘴，豆腐心”的话在安妮听来就好比是“刀子嘴，刀子心”，所以好心就必然被当成驴肝肺了。庄子讲“君子之交淡如水，小人之交甘若醴”，虽然说的是朋友间交往的分寸，但放在母子间，我感觉同样适用。刺猬的故事给这个观点做了很形象的注释。我劝你不妨静下心来体会。

再叙！

姐姐

等车如人生

珮嘉：你好！

你来信征求我的意见，问我安妮是回国念书，还是留在国外参加那里的中考和高考。这样的事我怎么敢做决策？给你说个最近发生的事情，你便会知道我不敢轻言的原因了。

今天和琳达从百货商店出门，一到公共汽车站，我们要搭乘的那趟车刚好离开。在北京的大冬天里，等车真不是件令人愉快的事情。为了减少等车的无趣，我给琳达出了个题目：你不觉得等车如人生吗？果然，这个奇怪的话题使琳达马上伸头瞪眼地凑了过来。

“你看，刚刚走的那辆车就好比我们没有赶上的好运气，逝去的东西不会再回来，所以，我们再后悔也是全无用处的。但这又不意味着我们永远失去了机会，就像下一趟公共汽车一定会到来，运气肯定还会再次光顾，只要我们有耐心，就一定会得到上车的机会。”琳达笑话我：“你看，咱们都冻了十分钟了，怎么机会还不来呀？”我哈气跺脚地自嘲道：“机遇总是为我们这些有耐性的人准备的！不信，你现在放弃，车马上就会来。”琳达听了我的预言还真就没敢动窝儿。

说来也怪，这平日来得挺勤的 24 路车，今天像是有意和我作对似的，20 分钟了，居然还是没个影儿。我冻得双腮发麻，已经笑不出来了，甚至有点儿后悔为了一站地的路在这里罚站了那么久，还不如走回家。琳达此时像是看穿了我的心，笑道：“您是不是已经觉出这人生道路的选择出问题了？”我强撑着冻红的脸：“我女儿出师了，看来这冻没白挨。”心里却翻腾出一位战略管理教授的话：“决策错了，越卖力气干就越错。”

但谁又能保证自己事事都先知先觉呢？既然我们选了等车，我们就得硬着头皮干下去，否则，之前的冻就白挨了！这样的话说给琳达，她不慎认同，决定和我走不同的道路——放弃等车，走回家！

我心里暗想：也好，不如让她尝尝“不听老人言吃亏在眼前”的苦头儿！果然，琳达走了两分钟，我就望到了车子的“大脸”笑眯眯地离车站越来越近。要是琳达回头，她一定能看到的。估计是她没有回头，也可能回头了，但硬撑着面子。黑暗中我一面心疼女儿，一面又忍不住有些得意。我想好了，回家的第一句话就得这么说：“闺女，没冻坏吧？不坚持的代价还是挺大的哈。”

正想着，眼见着车子越来越近，缓缓进站。我毕恭毕敬站在等待上车的第一名的位置，体会着身后的人对我的羡慕之情。正当我欲举步登车的一刻，抬眼，只见敞开的车门间黑压压地被“羽绒服们”堵了个严实，并没有踏进一个脚趾头的可能性。车里，人们将冷漠的眼神投向了我们这些想上车的“红鼻头们”——“看我们都挤成什么样儿了，你们还嫌我们不惨吗？”忽然想到，这不是经济学家常说的“公共汽车效应”的现实版吗？——等车的人想上车，但车厢里的人却不希望车下的人上来和他们分享有限的空间。正出神儿，只听得售票员从车窗伸出的半个身子发出了诱人的声音：后面马上就来车了！空着呢！

我不敢相信那声音真的会带来那么好的机会，所以坚决地把第一名转给了我身后的等车人。我要一路走回家，这样还可以有更多的时间想想怎么把“等车中的人生”再完善一下。此时，琳达一定也在琢磨和我相遇时要说的话呢。兴许她会告诉我“及时地放下也是一种智慧”。

你看看，等个公共汽车的变数都那么多，更不要说人生的莫测了。所以，你来信让我为安妮的去留判断，我哪里敢妄言。

再叙！

姐姐

解开“舍得”的疑惑

珮嘉：你好！

上封信是你兴致勃勃地告诉我，在悄悄地为安妮一年的作文亲手做汇编，说是想把这本《学海拾贝》作为生日礼物送给她，给安妮一个惊喜。两天的工夫不到，来信忽又晴天转了阴雨。你得到的结果是，安妮并没有领你的情，甚至都没有正眼看一下你辛辛苦苦为她所做的一切，这让你失望至极。

你的失望我非常理解，但同时也让我联想到现在社会上很流行的一个词“舍得”。有一次我在路上听到一位母亲语重心长地教导儿子的话：“孩子，要想‘得’，必须肯‘舍’才行。不舍不得，就和买东西必须付钱是一样的。”这话乍听起来颇有道理，可细想，这位母亲的解释只是说对了一半。

如果说，付出仅仅是为了“得到”，那失望的人一定不会是少数。看，眼下的你不正是其中之一吗？你之所以对安妮抱怨，不过是觉得所付出的努力没有达到你预想的回报而已，也就是“舍”完了却没见“得”。要我说，这样的人生哲学是很难走通的。

其实“舍得”的本意并非全像那个妈妈说的那样“欲得需先舍”，而是“舍就是得”，舍利得义才是这个词的精华。你若是秉承这样的心态对待为安妮做那本《学海拾贝》，此时的心情就会大不一样。这件事你完全可以换个角度考虑：一个温暖的周末，你临窗而坐，一篇篇翻看女儿一年来所写下的身边的人、经历的事、心中的愉悦和悲伤。这样的温馨回顾，对于你这个妈妈是多么享受！要我说，这才是你做这件事的“得”。

遗憾的是，这样的“得”在你看来却不具价值。你想要的是安妮对你的感恩之情，可这又恰恰不是她这个年纪的孩子能轻易生出的感情，所以，你会感到你之前辛辛苦苦的“舍”落空了。所以说，以“舍”换取“得”的这种做法，往往会给你这样有着功利心的妈妈带来困惑——我都付出那么多，怎么却没见着回报呢？殊不知，回报已经摆在你的眼前，只是你没有能力看清而已。

在对孩子引导这个问题上还有一个角度我要指给你，就是我们当下的“舍”并不见得会得到立竿见影的效果，“得”的过程也许相当漫长。记得我十七八岁时，最不理解妈妈包完饺子后，为什么那么小心地收集板子上残留的面粉。当年，我总是皱着眉开导妈妈：加起来不到一两的面，其实什么都不值！直到二十年后自己成了人，读了书才晓得，长辈们这种看似没用的举动，演绎的其实是一种对生活的感恩之心。你看，若不是当年父母在我们年少时撒下这样的种子，哪有我们今天对感恩二字的领悟！回过头来算算，这个取舍的过程几乎跨越了二十几年的时间呢！

上次电话里我对你说："固然这件事安妮做得不对。但在很多时候，在你指责孩子身上毛病的同时，也不妨多多反思自己有没有问题。"你好像对我所言很是不快，但我的确是这样想的：成人的思维常常也是存在很多我们并不自知的迷误的。希望你有一天能接受我这个想法。

再叙！

姐姐

从“谁更讲卫生”说起

珮嘉：你好！

刚才安妮来信说格林老师正在给他们讲关于卫生的话题，并要求同学们把自己国家国民讲卫生的情况介绍一下。安妮问我：“姨妈，我有些搞不清，到底是中国人更讲卫生，还是洋人更讲卫生？”

安妮的疑惑是：如果有薯条不小心掉在地上，她的中国同学多半会选择丢弃，而外国同学通常会拾起来，有时甚至直接放到嘴里，吹都不吹一下；还有，外国人上厕所都会无所顾忌地坐下来，而爱干净的中国人，一般是不碰马桶圈的……按理说，这些都说明中国人比外国人讲卫生。可为什么中国的街道、飞机上的厕所总是不干净的，有时还会看到特别讲卫生的中国人在马桶圈上蹲过的鞋印子，反过来，国外的大街小巷倒显得比我们干净很多呢？

听了这些充满童真的问题，真不能不佩服孩子的眼力。寥寥几句话就勾勒出我们成人世界深处的一些东西：关于社会责任意识和个体利益之间关系的话题。

今天我去医院检查身体，站在做B超的床前问大夫能否换一张一次性的床垫。随着黑暗中一句坚决的“不能”，我只好乖乖躺下，心想：别让大夫不开心，耽误了正事。待到检查完毕，起身穿好衣服，我忍不住谏言：“大夫，其实你们应当给每位患者更换垫子的。上一个人若是有皮肤病，我不就会被传染吗？”这大夫想必是从没见过这样好事的病患，一边给另一位患者做检查，一边嘟囔道：“你若是讲究，该自己带块垫子。”这话被我定格在脑子里，和安妮问我的问题正合了拍子。于是中国人到底是不是讲卫生的答案马上就生了出来：中国人讲卫生不假，但我们更关心的是个人卫生。我们认为，只要把个人卫生搞好，一切就万事大吉了。这不，连一位大夫都认识不到他人若是染上皮肤病，其实对自己的健康同样是个威胁——公共卫生保障不了，周围尽是病患，自己再讲卫生，又如何做到“无菌”呢？平日，我们刷得干干净净的鞋子，还不是要与满地痰迹的街道为伍吗？

说到这里，这个话题似乎已脱离开了讲卫生的轨道。回看我们生活中的许多事情都和“自己带块垫子”的思想如出一辙。为了自己口袋里清洁，把垃圾随手丢在公园的草坪里；觉得水龙头不卫生，如厕后不去冲洗马桶；电池的回收箱更是早就被打入冷宫……这样，我们就会清楚地看到，大伙儿在讲究个人卫生的同时，也在承受着前一个“我”丢下的脏乱。

这让我想起一个与此相反的情景。我曾漫步英伦艾玛河畔的小镇斯特拉斯福德。那里街道两旁，家家户户都隔窗摆放着工艺品和盛开的鲜花。让人诧异的是，这些漂亮的摆件摆放的方向很特别，面朝的都是游客，主人在房间里看到的只能是“孔雀开屏的背面”。若是路人能对此抱之欣赏的一笑，屋主人的喜悦马上就会挂上眉梢。相比那种只顾“自己带块垫子”的逻辑，这样的境界对人们行为习惯产生的影响是显而易见的。

安妮的外国同学捡拾掉在地上的食品，我们的同胞踩在马桶上如厕，这两种行为隐约指向的是：在人们心目中，是有着对自己身处的社会环境的揣度的。个体的行为习惯，往往是社会行为走向的真实反射。

讲这许多，不知你能否明白我的用意，虽然孩子问的是卫生的问题，但倘若你能以更立体的眼界为她打开另外一扇窗，对孩子了解西方人的想法会很有帮助。

再叙！

姐姐

春种一粒粟，秋收万颗子

珮嘉：你好！

记得年初，在去上海的飞机上，我们谈了那么多关于孩子教育的话题，你临下飞机时感叹：“养个孩子得付出多少自己呀？”这个话在我脑子里盘桓良久，此叹又何尝不是我心底的问题呢：得到和失去相抵，这样收支平衡的人生又有多大意义呢？

这次回江苏参加奶奶的葬礼，葬礼上，有位奶奶好友的感叹很给我启发：“都说人死如灯灭，我看你奶奶可不是这样。她把精神都传给了你们呦！她福分深啊！”细品这农妇的话，倒像是给我们上面的疑惑做了解答。咱们今天下大力气教育子女，正如农民春天播下种子，即将换来的哪止是琳达和安妮两个孩子的前途那么一点点收获呢？我们每日对孩子们一言一行的教诲，惠及的可能会是家族几代人的生活。

这次姑姑给我讲了件发生在上个世纪60年代粮食困难时期的事情，更是加深了我对这个看法的认识。那是大约在1961年的秋天，一个傍晚，忘记是什么原因，大伙儿那天提前收工回家。在地里忙了大半天，年幼的姑姑和奶奶早已是饥肠辘辘，虽然明知等待她们的是灶台上不会有几颗米粒的一锅稀粥，但在那个年代，能喝上哪怕是碗米汤，也是一天当中最幸福的时刻了，想到这些，脚底下的步子自然快了不少。与往天的清冷不同，走到距离院门不远的地方，忽然见到厨房的烟囱里冒出了一丝丝微弱的炊烟，随即从门缝里隐隐飘出了一股烤稻子的香味儿。当时，只有十几岁的姑姑非常敏感：想必是在家念书的二哥哥在偷吃稻子！那可是全家屈指可数的口粮！含泪的眼睛望着奶奶。奶奶拉住将冲进屋门的她，一声叹息："让哥哥安心地吃吧，他念书费脑筋，别进去吓着他，逼他说谎。今天娘那碗粥给你。"几十年后的今天，姑姑提起这场景都会掉泪。她说，这件事不仅让她知道了仁慈、宽容，还体会到父母是多么期望子女成为一个诚实的人的苦心。

你看，奶奶，一位平凡的农妇，平平常常的一句话，不仅教导了咱们的父辈，还会间接地影响着我们这代人。所以说，你我现在对安妮和琳达尽心竭力地教育，这样的付出不会白费。春种一粒粟，秋收万颗子。我们的努力不仅对他们本身的成长有影响，我们教育他们的方法，将来也会被他们学去用来教育他们的后代。我们的自律和善举对他们今后教育他们的子女也同样是一种示范。知道这个道理，你我平日对待孩子的举手投足可真得三思而行才成。

再叙！

姐姐

忧虑的中年人

珮嘉：你好！

昨天你电话里说，你在微信里看到一条“真理”，并准备告诉安妮：“若是你想有个无忧的中年，你就得放弃快乐的童年！”

不错，从无数人的人生经历看，天道酬勤，没有不付出而白来的幸福。就算是口里衔着玉生在富贵人家的公子，也是有他们祖辈的劳苦在先的。但转念想，站在孩子的角度看，你这话真是让一个小童有种苦海无边的感觉。对于一个十几岁的孩子，忧虑的中年并非是他们能真正理解得了的。别说是不谙世事的安妮，就是你我，不是也难做到因为某个“远忧”而放弃眼前的快乐吗？仔细想想，晚饭后那段宝贵的时光，我们平日是怎样闲散地度过的？按前面的逻辑，一个悠闲的中年后面跟着的当是“内疚的晚年”吧！人生苦短，比看电视、聊天更有价值的事情可真是不少呢！而我们却没有为将来“内疚的晚年”或是拿起笔写写自己的传记，或是阅读一些前人留下的精彩篇章。成人都做不到的事情，这种微信中的名言又怎么能打动孩子呢？所以说，有些看似有道理的话，不一定适用于教育。

教育不是个容易的活儿，不是你从哪里得来一句警句把它随口扔给孩子那么简单，也不是陪着孩子默写单词那么笨拙，更不是把他们交给补习班那么轻松。最近在《纽约时报》上看到，当年风靡一时的“虎妈”（Tiger Mom）的所谓的教子方式如今已经过时，“混血虎”（Hybrid Tiger）开始大行其道。这里我最赞同的观点是，孩子的家庭教育要秉承“随时挂念”并配合以“开放而深沉思考”的教育方式。这里要特别注意的是“挂念”二字。中国妈妈常以不假思索的“随时唠叨”取而代之，一词之差，给孩子的感受则是完全不同。而后面的开放而深沉的思考更是我们的弱项。由于各种条件的限制，我们这代人并没有能够通过书籍和游历世界而获得更多打开眼界和心胸的机会，更可悲的是，我们对此浑然不知，还经常以一些道听途说的浅见当真理输出，特别是现在人们有了微信之后，这种不假思考的施教方式更是普遍。“快乐的童年，忧虑的中年”虽有道理，但这话的确不适合用来教育。我都能想象，安妮若是听了你上面的“恐吓”，心情是何等的灰暗。

我常对你说，孩子是具有两面性的，教育最大的功能是激发他们积极向善的阳面，让好的一面在他们成长过程中占主导，而不是让消极的一面扩散。让受教育成为人生的享受，才是我们家庭教育应当时时挂念的根本。还望你能记住教育是“随时挂念”，不是“随时唠叨”这句嘱咐。

再叙！

姐姐

欧阳清教授的书桌

珮嘉：你好！

这次到上海，我和琳达一起去了欧阳清教授家里拜访。午饭后，到教授的书房小坐，看到他的书桌真是整齐洁净。更让我吃惊的是，已是83岁高龄的欧阳教授，竟然从容地拿出了三年前琳达在他家记事本上写下的小诗。我很惊讶，一位著作等身的知名教授，因何能让繁忙的生活如此井井有条。

这让我想起两年前的一次拜访，也是去一位教授家里。不同的是，教授很年轻。一进门，正赶上这对小夫妻刚刚吃完早饭，低头看表，已近中午时分。显然，我的来访使人家猝不及防，桌上的碗筷立即被塞进了厨房。我歉意地说："你们先规整一下，咱们再开聊不迟。"教授答："我们一向都是饭前刷碗的。起得晚，再干家务，就没有时间干正事了。"夫人补充道："等我们事业上有了根基就不会这样了。"当时我也没有在意这话，现在想来，这话描述的不正是现在很多年轻人对待生活起居的心态吗？

是啊，碗在饭前刷和饭后刷有多大区别呢？不过是两个钟头的时差；还有那个天天都要叠的被子，不叠成豆腐块儿，又能怎样呢？

没有人来评比卫生或是来访参观，一切在自己能容忍的范围内又有何妨？不是吗？床铺可以不整理，桌子可以不擦，但不把该干的工作干完，那才是关乎前途命运的大问题呀！今早，面对琳达上学走后的一片狼藉，我如往常一样洒扫庭除，但脑子里却呈现出十年后她小家庭凌乱不堪的景象，而她却身处在餐桌上都会摆放鲜花的西方社会。

记得妈妈在我家里住的那段时间，早晨，看到我们夫妻俩为琳达上学忙成一团的样子，不禁感慨："这哪里是上学，简直是'上朝'呀！"此刻，我忽然意识到，我们没有经济条件雇用保姆，自己却在天天扮演这样的角色，心甘情愿地承担着整日伺候孩子们的职责，细想想，这样的勤恳其实反倒更像是一种"失职"。当年陶行知先生谈到中国教育状况时曾说，从前的教育是"舍书本外无教育"，现在看来，这话直到今天仍是照着中国父母的一面镜子。

"学业，乃至将来的事业，只是生活的一部分而不是全部。"在协助孩子们打理生活琐事的同时，也当帮他们树立起这样的观念。要让孩子们早早知道，"饭前刷碗"这样的生活状态，是一种缺少尊严的活法。我想，教他们如何打理自己身边的生活环境，树立自食其力的概念，对他们将来的生活意义会更大。将来无论贫富，无论在国内还是国外，这是孩子们受人尊敬的最基本的条件。

再叙！

姐姐

吝啬的姨妈

珮嘉：你好！

刚到悉尼，安妮就央告我为她买一件 Kate Spade（凯特・丝蓓）的小包。没过两天就接到你对这个 Kate Spade 的封杀令。我原本也是要给安妮买礼物的，但你的禁令让我止步，确切地讲应当是给了我台阶，因为我到了那个牌子的专卖店一打听，这包包还真不是等闲之物。

没能让安妮如愿，离开悉尼时，心里又有些不忍。平日给孩子们花千八百块买个东西的时候也不是没有，那干吗这回那么较劲儿呢？就是因为 Kate Spade 是个奢侈品牌吗？遥想自己童年时那个红灯牌的收音机，不也是爸爸一个月工资才能换回的奢侈品吗？坐在飞机上，想着安妮并没有因此向我说抱怨的话，临走时和我依依惜别的口吻，越来越后悔自己的吝啬。直到这次从纽约去新加坡，飞机上的一出“微型话剧”，才消解了些我这个吝啬姨妈心上的不安。

飞行了近十个小时，忍不住到飞机的后舱取了杯咖啡，趁机伸伸腿。只见眼前三个五六岁的小女孩在互相追着玩儿，再听她们间的对话甚是可爱。其中一个戴着蝴蝶结的小女孩儿指着一个穿粉色鞋子的玩伴儿问：“你这鞋是 UGG 牌子的吗？”“粉鞋子”自豪地答：“当然是了，我只穿 UGG。”“那你这是在第五大道买的吗？我这双可是在五大道的旗舰店买的。”面对“蝴蝶结”丝丝入扣的问题，“粉鞋子”败下阵来，显然，那个令她自豪的 UGG 不是出身“五大道”名门。正在尴尬之时，那个最小的女孩子，天真地伸着自己的小胖腿插话道：“姐姐，我这可是在比第五大道还远的 OUTLET 买的！”这语气显然是把那条曼哈顿最高贵的第五大道垫在了乡下人 OUTLET 的脚底下了，搞得两个小姐姐哭笑不得。此前的相互攀比，一下失去了意义。

孩子的心原本是何等纯洁，却最终让我们成人世界的繁杂染了颜色。想必那“蝴蝶结”和“粉鞋子”原本也是两个搞不清“五大道”为何物的小天使吧。我暗想，若是把这个笑话说给安妮听，她定会笑出眼泪来。可是笑过之后，她真的会理解我们那些“不要在物质上过分追求和攀比”的老生常谈吗？毕竟，安妮和琳达周围的同龄人对“第五大道”的共识，不是我们这些家长一厢情愿的说教能改变得了的。

回想十年前的自己第一次出国。在国外，几乎是把自己一年四季的衣服都换成了外国名牌。回国后，着实让办公室的同事惊呆了。其实我心里明白，那些在国内同胞看来“高大上”的品牌，在国外根本就是很普通的货品，哪里值得人们那么仰慕。除了一些像酒会、音乐会这样的场合，在国外，没有人会用心思打量你的穿戴，更少有人会以你的穿戴衡量你的价值。由此看来，打开眼界才是解决安妮崇拜名牌的关键。从此，我便很注意去找寻这把开锁的钥匙。这次去纽黑文，我想我是找到了。

那天，和琳达一起参观耶鲁大学的一个创新科技实验室时，在一台4D打印机旁边竟然看到一台古老的缝纫机。我原以为是摆设，可同行的布莱恩却说不是。他说：“前些天还看到同课题组的两个女同学在这里做衣服，用的都是她们自己织的布。现在成天穿在身上显摆，我们都羡慕着呢！”

研发 4D 打印机的耶鲁学生，用自己织的布做衣裳穿，这才是独一无二的名牌。琳达回家后也一反常态地感慨道："时髦的最高境界是引领，而不是追逐。"我想，安妮若是能看懂这里面的奥妙，对她紧盯名牌的近视眼定会有很好的治疗作用。

再叙！

姐姐

默写不是个好办法

珮嘉：你好！

信中说，短短半年时间，安妮与当地人的交流就没有任何障碍了，为此，还得到了老师的嘉奖，这真是件令人高兴的事情。为了能使安妮更上一层楼，进一步提高阅读和写作的能力，你说马上要对她每日进行听写训练，这一点我可觉得不妥。这样的参与形式，站在孩子的角度说，我把它叫作父母想有尊严地偷懒。

这回到你那里小住，经常会看到你板着脸给安妮检查单词拼写上的问题，安妮则在一边静候发落。从安妮的脸上，很难找到你的红对勾对她有什么鼓励的功效，反倒是你的红叉子引得孩子放大了自己灰心丧气的情绪。这个时候，想必你们已都记不起背单词的意义之所在了。之后，你一走了之，留下安妮扫兴地对着你方才的审判发呆。我看不出，这样的参与会有什么积极的一面。

记忆单词这件事对大多数人都不是件轻松的活儿，特别是安妮这小家伙儿，在我身边生活的那段时间里，默写对她简直就是一种折磨。当年，我若是像你这样抓住她日日听写，想必她对阅读和写作的兴趣早就没了踪影，更不要说那份宝贵的自信心了。你不要误会，我这么说并不是要放任孩子，而是要找个更巧妙的方案，不露声色地把那些恼人的单词悄悄植入他们的大脑，但这可比给孩子听写费事多了。不过，在这方面我自信还是有发言权的。不知你还记不记得，琳达四岁多的时候就可以熟练地读晚报了，而此前，我只认真地教过她七个字，好像是“鹅”“鸭”“猫”一类的，剩下的都是我念故事书时她偷偷学会的。

对于十几岁的安妮，你不妨按我的法子做个翻版，把注意力从死记硬背移到她感兴趣的事情上来，让单词自然地在孩子头脑里生根。这里，我可是有成功案例在先的。

现在我还记得你在伦敦上学时，安妮在我这里生活的那段时光。当时，她的中文水平实在让我犯愁，更糟糕的是，她不像琳达姐姐那样热爱阅读，写作更是成了她面前的拦路虎。为此我着实费了一番脑筋，最终，我抓到她嗜好表演的这个“软肋”，提议由她编写一部话剧，全家协助她排演出来，共识就此顺利达成。几周下来，证明这个主意的效果极佳，安妮从此不但不怕写中文字，为了能丰富剧本的内容，她到处找故事书看，由此对阅读也变得格外热衷。中文和英文没有什么本质的区别，不妨照着上面的方法试试。

我们向孩子们的学业伸出援手，目的绝不能搞成是帮助她们提高某一次的考试分数，重点是要协助她们点燃热爱学习的火焰。此外，你还可以根据情况尝试一些类似的方法，如鼓励她每周为家里人编写一份报纸，有些版面可以自己动手写些文章，有些则可以剪报；也可以在你家里的那块小黑板上出个板报；或是定期和安妮就一些大家都感兴趣的话题彼此通信……

再叙！

姐姐

交谈没那么简单

珮嘉：你好！

来信收到。很高兴你能听从我的建议，开始了和安妮的交谈。让我意外的是，开篇就是你俩为“上学可不可以涂红色指甲油”的问题争论得不欢而散。虽然启航看上去并不那么顺利，但希望你不要灰心。真理之所以总是小心翼翼地隐藏起来，是因为它不仅希望能遇到执着的追求者，更是想让我们再费些气力，以便能挖掘出其背后深层的那些东西。其实，涂指甲油不是重点，哪怕是令你厌恶的红色也都不是什么原则问题。问题的关键是你这个妈妈如何将你的价值观平稳地输送到孩子的头脑里的过程。

那天安妮在游乐场沮丧地跟我说：“姨妈，我妈要是像你这么温柔就好了。”我心里自然明白她的意思，说：“你错了，你妈妈对你的爱会更多。”安妮无奈地叹道：“可我妈对我说话的时候从来都是没嘴唇儿的。”看着安妮滑稽地模仿着你发火时的样子，心想，你往日那么操劳，可孩子并没有理解你这母亲对她的一片苦心。

与其用“没嘴唇儿”的态度直接冲着安妮的红指甲说“不”，不如把这个简单的否定换作下面的这段话：

“你刚才说的道理我也曾这样想过。你这样说，让我想起了我童年的样子。你若是能耐心听听我的经历之后再谈看法，也许我们可以试着从另外的角度再重新讨论这个问题。”

相信这样的真诚不仅对红指甲适用，你顺便还可以和安妮谈谈她冬天不穿毛衣的事情。我看着她为了她心中的那个“美”，单薄地在风雪中上学奔波，真是揪心。

不过，别指望上面的话会是万能的，现在的小孩子精明得很，琳达常说的一句话是：“你们大人说的话再好听，‘但是’后面才是你们的真实意思。”孩子们戳穿了我们的“阴谋”，却并不意味着他们会拒绝同我们交谈。相反，每周末，还不是琳达缠着我去咖啡店。在那里我们会很和平地沟通些平日相左的看法，虽然她明白，那总会是个由我主导的糖衣炮弹似的下午茶时光。

克罗瑟斯曾经写过这样一段话，我觉得很有深意：“交谈的快乐是一个过程，一个人可以通过这样的过程看到思想的产生或者调整；交谈的快乐是软化思想外壳的一剂良药；交谈的快乐是两种可能出错的思想相互交流和相互借鉴的表现形式。这一切都只能通过交谈来实现。”此外，克罗瑟斯还提醒人们：“如果交谈的双方都认为自己绝对正确，每一方都认为自己的话有权威性，那么，他们不可能交谈下去……”

再叙！

姐姐

我们在忙什么？

珮嘉：你好！

安妮昨天来电话说，让我劝劝你把头发搞得时髦一些，她还说："要是我妈妈总穿着旗袍该多好！为什么她不能总那么美呢？"

听了安妮这话，相信你又会抱之不屑的一笑——工作上的事还忙得四脚朝天呢，哪有时间搞这些名堂！我很是理解安妮这个年龄女孩子的心，因为在她们的脑子里，恐怕还是芭比娃娃的世界呢，还不知道生活中的大部分时间是在舞台下的。不过，我倒是也有些同意安妮劝你打扮一下的建议。想当初在国内的时候，每当我拉你去消遣，你总对我说："等忙完了这段再说吧。"此言差矣，生活中有忙完的时候吗？

记得当年教我们英文的老师凯西曾在课堂上让大家讨论一个问题："是工作重要，还是生活重要？"开始，在座的中国学生对这个美国老太太提这样的问题大都不屑："当然工作重要了！""没有工作，怎么生活？"听了学生们众口一词的答案，凯西轻轻合上了她的蓝眼睛，片刻又睁开："那么，请允许我再问一个问题：是生活为了工作，还是工作为了生活？”凯西意味深长地环顾着眼前迟疑的我们，显然，她是在用问题引导我们进一步思考。语言课顿时变成了哲学课，从大家语塞的表情中不难望见彼此脑子里盘旋的疑问：“既然是工作为了生活，那么还是生活比工作重要啊！”十年后的今天，回想起凯西的课，突然发觉自己并没有把所有的知识都还给老师。

这次应朋友之邀，去米兰一个歌剧院听音乐会，朋友嘱咐我穿晚礼服。我心想，不就是场音乐会吗，台下黑压压，穿给谁看呢？况且回国后，这样的衣服几年也用不上一次。于是，我自作主张，买了身自信可以应付任何正式场合的蓝色套裙，裹着大衣准时到了歌剧院。拉开歌剧院的门，我傻了眼，来听音乐会的女宾个个珠光宝气，袒胸露乳，挽着“燕尾服”的手臂喜笑颜开，互相欣赏和夸奖着彼此的装束，似乎这已是音乐会的一部分。我呆站在门口，想想大衣里面自己这身保守到脖子的套装，不禁联想到一次曾穿着泳衣走进裸体浴场的尴尬经历。今天这大衣可怎么脱呢？正在着急，晚到一步的朋友递上旗袍一件，笑着打趣道：“还是入乡随俗吧。洋人就是这样，白天忙工作，晚上玩儿起来也从不含糊。用咱们的官话说，这叫‘工作、生活两手都得硬’。”我慌忙接过衣服，迫不及待地闯进卫生间，好在拉锁还能勉强拉上。穿戴停当，才要出门，忽听身旁一银发老妇微笑说道：“不要急着走，为什么不好好欣赏一下镜中的自己呢？”

是呀！往日的我们为什么总是急着赶路呢？我们这是要去哪儿？也许，上路之始，我们还很清楚“工作为了生活”的原则，可走着走着，我们竟忘记了自己的初衷，居然让繁杂的工作填满了我们本应是很多彩的生活。若是这样的状态不赶快调整，于人生真是个不小的遗憾呢。

再叙！

姐姐

安妮想要信用卡

珮嘉：你好！

来信说安妮昨天向你提出来想要一张信用卡，并列举了信用卡的种种好处，还说她周围的好多洋人同学都有。这样的要求在你看来简直是小屁孩儿在无理取闹，你一句“做梦呢吧”就结束了这场还没有开始的“战斗”。

我觉得你的“胜利”有点儿欺负小孩儿，实在不足称道。不就是因为你这个妈妈手中掌握着办信用卡的特权吗？要我说，你还真不一定能解答安妮心中那个带着抗议颜色的“为什么”。不过，你说的这个事儿倒是无意间帮到了琳达。她这两天正为老师布置的讲一个经济学故事的作业发愁呢，这不就是个很好的选题吗？

经过半天的准备，琳达已经搞清了很多，甚至是我们也从来没想过的问题：“发信用卡的银行为什么把钱白白借给人们使用而不收利息呢？”“银行是在‘学雷锋’吗？如果不是，它们是怎么赚钱的呢？”“为什么商店也热衷鼓励人们刷卡消费，这里面有它们什么好处吗？”“我们这些普通人能从使用信用卡这件事上得到什么利益呢？”一连串的问题提出来大家讨论，最后搭建出的框架，我看完全可以当作金融课程的案例分析了。

看了上面的场景，你一定会说这很难做到。是的，这的确很难。特别是像类似金融这样的知识，如果我们没有一定的专业做基础，别说是回答，参与这种讨论的可能性又有多少呢？那么，我们就此选择止步吗？

安妮把自己对信用卡的渴望告诉你，是对你这个妈妈的信任，你纵然不接受小孩子使用信用卡的观念，但却有责任告诉安妮你的想法。不能回答问题，并不意味着我们要放弃引导孩子思考问题。放下身价和孩子一起讨论和寻找答案，认真对待孩子的要求，是对孩子的尊重，同时也是孩子尊重你这个母亲的基础。

还记得孩子们问起“为什么树叶秋天要落下，乌龟一定要在春天结束冬眠”那些问题时，我们是怎么回答的吗？——“哎，你为什么总问这些奇怪的问题！”而当他们问起“这个世界为什么会有贫穷和富有之分”时，我们又总会所答非所问地指责孩子“这不是你该管的事”。如此粗鲁地推开、躲避孩子的发问，细想，我们躲避的其实正是自己的懒惰和无知。事实上，我们无意间正在滥用着一部分“母权”。或许这里面会有我们父母一辈的遗风——他们就是这样对待我们的。而这一点更应当引起我们的注意：今天我们对子女的态度，更是为安妮今后怎么教育和引导她的孩子做示范。

再叙！

姐姐

陆

黎巴嫩诗人纪伯伦在《论孩子》中这样写道：你们的孩子，都不是你们的孩子，乃是生命为自己所渴望的儿女；他们是借你们而来，却不是从你们而来；他们虽和你们同在，却不属于你们；你们可以给他们爱，却不可以给他们思想，因为他们有自己的思想。

美食的前前后后

珮嘉：你好！

你托人带来的Manuka（麦卢卡）蜂蜜我收到了，久违的味道和颜色，让我想起当年逛奥克兰集市的情景。那些开着大篷车，从各地农场赶来这里的农夫们，粗布衣衫，赤红着脸儿，真诚地向城里的买菜人赞美着他们的苹果汁是多么新鲜，乳酪是花了多少功夫才会这么香。他们看上去不像是在做买卖，倒像是来会朋友。这些不带包装的土产，给城市带来的不仅是美味，更吸引城里人的还有阵阵乡土气息。所以，周末的赶集也成了当地居民的一大爱好，几乎是一年四季，风雨无阻。

自打从新西兰回到北京，我对周末的早市也开始另眼相看，不再把买菜完全当作家务。在拥嚷的人群里穿行的感觉，好比徜徉在乡间。上周，我竟然意外地发现，有个菜农在出售咱们老家田地里嫩绿的油菜花。买回家炒了，那芬芳的味道散出来，似乎可以把餐桌上的每个人都带进南方的初春。为此，全家在下午茶时还专门讨论了关于“美食”的话题。这令人齿颊留香的油菜花给了我们一个

惊人的提示：饮食文化中除了“色、香、味”之外，其实还有很重要的东西被我们遗憾地无视了，那便是食物的美在时间和空间的延伸。这种延伸藏在口福、眼福之外，不但被我们忽略，往往还被我们当作了“苦差”来对待。为了佐证这个观点，我拿出了三年前在乡下过端午节的照片。

与往常不同，那年的端午从清晨就开始了。一清早，我和孩子们就欢天喜地地跟在爸爸身后出了家门。老家院子后面的河岸两边都是芦苇荡，我们走了大约一里路，爸爸选了一处相对平坦的地方，用镰刀开路，放我们下到芦苇深处。这是一片人迹罕至的区域，偶尔会有鹭鸶飞过，芦苇特别干净。孩子们在爸爸的指导下兴奋地采着芦苇，不时地俯身闻闻嫩叶的清香气，想象着晚间的粽子该是多么好吃。爸爸一边放风筝一边笑道：“你们这些城里人，这回知道粽叶是哪里来的了吧！别光顾着闻，小心拉着鼻子！”不一会儿，苇叶装满了篮子。

吃过午饭，一家人在厨房里，有的泡江米，有的煮粽叶，有的洗各种要放到粽子里的果仁儿，还有切香肠、火腿的。每个人都撸着胳膊忙了起来。包粽子可不是那么好学的，一时间，包散的、包成的，都会引起一阵笑声，好不热闹。爸爸对年迈的奶奶说：“我看孩子们这包粽子的兴致比吃粽子还带劲儿些。”傍晚，爸爸点起灶台里的火，缓缓地拉着风箱，热气慢慢冒出了蒸锅，米香、芦苇叶子的香、枣儿的甜香和着炊烟的味道，像是带着乡间丝丝的柔情，一阵阵飘了出来。

孩子们静静地坐在不远处的院子里玩耍，想必心里都惦念着那一大锅绿绿的粽子。这样的惦念对于常年被关在城市里的她们真是难得的经历。一会儿，琳达和安妮着急地低声问我："什么时候才能吃到粽子？我们都饿了！"还没等我说话，爸爸笑眯眯地接过两个外孙女的打听："晚餐从闻到锅里的香味儿就已经算开始了呦！"我趁着热闹帮腔："我看姥爷说得还晚些！应当是从早晨打芦苇的闻香开始。"显然，"打芦苇"三个字对孩子们的吸引力远比吃粽子大得多，她俩放下手中摆弄的风筝，立刻窜到我面前，拽着我的胳膊央告："明年我们还要来南通过端午节！采粽叶！"那迫切的声调，像是急着让我签下一张远期的支票。

现在老家的房子已经拆迁了，乡亲都搬到了高楼里，没有了房前屋后的花鸟，江边已是光秃秃一片，哪还有芦苇叶子可采呀！所以，这美味的粽子留给我们的记忆就更加显得绵长。

嗨！本想是写段"劳动最光荣"的，竟拐到了"低头思故乡"的路上来了。

再叙！

姐姐

宅男宅女，Say you，say me

珮嘉：你好！

上周安妮来电话跟我说她已经参加当地中学的入学考试了，原本紧张的心情被考卷上仅有的一道作文题《自然与我们》安抚了下来。这个考题也让我想起昨天在报纸上看到的一篇报道《食堂就在不远处，却靠微信送三餐》。

读完文章，一面感叹当代大学生捧着手机、电脑懒在床上的那副样子，一面也像从镜子中照到自己两眼紧盯电脑、双手被互联网牢牢束在键盘上的模样。有人说，中国的年轻人在床上以电脑为伴的画面，让人联想起一个多世纪前的中国人，他们那副提着烟枪躺在炕上的样子。也许有些人会质疑这种说法，认为这样的言论对来自电脑的危害似乎过于忧虑，电脑和鸦片绝不是一个概念。我不想反对这样的质疑，倒是有兴趣描述一下我自己的一次亲身感受。

我去年到南方一个偏远的村子小住。下了出租车，已是半夜，通往“家”的路要走一里地，村里没有路灯，仅靠星月照亮。我边走边想，“摸黑儿”这词儿，造得太贴切了。将近一个小时，我终于“摸”到了有电灯的农舍。房东看我忙着从包里掏出电脑，笑道：“恐怕这位‘英雄’在这里无用武之地了。”听了这话，心里顿时空落落的，行前并没有人告诉我这里没有网络。我活像是被缴了械的士兵，这戒“毒”的生活就这样毫无征兆地开始了。

别瞧咱们平日里口口声声说如何向往农村生活，走近看，可不比在网上“种菜”，农村真正的艰难算得上是“跟天斗，跟地斗”。这里没有人给你送水，想喝水得到井里自取；就连剥青豆也不是件容易的事，一是豆荚拉手，二是上面有毛毛虫，就更不要说给庄稼施肥喷农药了。每逢遇到地里的难题，就会想起爸爸曾经嘲笑咱们的话：“城里人都说向往大自然，真把你们放到农村，全都傻眼。”

奇怪的是，十几天下来，我不但没傻眼，反倒觉出自己已经被乡间和煦阳光的照射和田里有点野性的风吹得找回了自我。不知不觉间，我惊奇地发现，如果离开电脑、电视、手机这些现代化的家伙对我的摆布，我竟然能够很轻易找回那种久违的感觉——独立运转自己的头脑和四肢。由此我想到，我们费尽气力从书本上学到的很多的自然科学知识，之所以没有促成我们更接近自然，反倒使我们与大自然渐行渐远，最重要的原因恐怕是我们思维的基础，早已不是来自广阔天地中那些实在的琐事，却多来自于电脑中的画面。那么就不难想象这样的事实：表面上看似进步的现象，其实已经陷入了退化的泥沼。

这周末，我和琳达去咖啡馆聊起这段感受，鼓励她也去乡下体验一下。我没有得到小家伙儿正面的回答，片刻的沉默之后她只说到了最近看完梭罗的《瓦尔登湖》后的一个疑惑。我问她："什么疑惑？"她说："梭罗不喜欢火车把乡村里的树木运进城市，更不欢迎那些改头换面的桌椅板凳坐着火车重返乡间，闯进他们原本宁静的生活。那么，人们几千年从原始农耕走向城市工业，难道不是人类向文明迈进吗？难道非要把人们从设施规整的城市赶回森林才算是真正的文明吗？"我竟一时语塞，脑子有点绕不过来，心里嘀咕着：难道这就是现在新人类拒收我们老辈儿价值观的方法吗？

再叙！

姐姐

“批判性思维”来袭

珮嘉：你好！

很高兴听到安妮转到了一所理想的中学就读。安妮来电话说，这所学校与中国的学校不同，老师们非常重视批判性思维的培养，事无大小，随时随地都有可能发起讨论。可你的信里似乎藏着些隐忧——真看不出那些不着边际的“批判性思维”能为孩子们今后的前途带来什么；有工夫多做几道题不好吗？

你的忧虑我不但能体会，而且我还有另外一层担心，这样的教学方法，对于习惯了被中国教育喂食的安妮，还真是个不小的挑战呢！

批判性思维不仅是一种方法，更是一种思考问题的习惯，培养的不是你所认为的“抬杠”的能力，而是多角度看问题的理念。批判性思维是西方教育的特点，更是充斥在他们生活的各个角落。还记得五年前安妮在新西兰上小学时过的那个 Pajamas Day（睡衣节）吗？在那一天，老师、小朋友，都会穿着漂亮的睡衣到学校来上课。学校里一改平日严肃的气氛，像个温馨的大家庭。为此，我曾向格林老师打听过这个节日的含义，他似乎也说不上来确切的原委，只

是觉得这样做很好。这样的一天会使孩子们意识到，自己和老师之间不仅存在平日的师生关系，睡衣和拖鞋这样的装扮还会提醒到孩子们，他们和老师间还会拥有除了“师道尊严”以外的平等、和睦的“人”的关系。孩子们换个角度看待老师，老师不再令他们生畏。格林老师说：“很多学生因为胆小而失去了向老师提问题或是质疑老师所传授知识有瑕疵的机会。我有时会对比较害羞的孩子悄悄说，你要是觉得老师可怕，不妨想象一下我坐在马桶上的样子。”

以往，我们无论是通过学校还是通过家庭所给予孩子们的知识，从某种意义上说其实都具有两重性：这些知识既是孩子们将来探索生活的基石，同时也是禁锢他们思想的铜墙铁壁。攀登知识的巅峰不易，超越它更难。在西方教育家看来，熟练掌握知识仅是人们普遍的生存之道，但并不是基于人的自我修正以及人类要把现实社会向更高的境地推进的考虑，而批判性思维正是为后者提供可能的基石。

林语堂先生曾说过：比知晓真理更重要的是如何去削弱我们一些自鸣得意的信仰和完美无瑕的观念。这样的论述对20世纪的国人有益，更值得活在21世纪的我们深思。安妮这么小的年纪就有了批判性思维的熏陶，我觉得，你不但不应当焦虑，更应当为之欣慰才对。要知道，缺乏哲学反思的社会才会真正令人担忧。

再叙！

姐姐

听作家聊写作

珮嘉：你好！

来信说你又见到艾森先生了，这真是太好了。他获得普利策奖真是当之无愧。这样孜孜不倦的年轻人，当下真是少见。我是多么希望你能从他的身上学到那股子在写作上的勤奋劲儿啊！要知道，只有你这个妈妈有了这股劲儿，安妮才会有坚持写作的可能性。

你对安妮不写日记的事非常不满，可反观自己，比孩子又强多少呢？记得十年前，我俩早在记日记的事情上就达成过共识，可你不是也三天打鱼，两天晒网的吗？直到这次见到艾森，我才听到你真正的叹惋。而此时，你已经丢掉了十年宝贵的经历。就像你说的，那些值得记住的往事，如今只剩下了一团模糊的影像。而昔日零星的记录，就像是幸存于旅行箱夹层里的珍珠，由此你感到了“烂笔头”的力量。正如艾森所言：“若是没有平日点滴的记录做基础，写作就是在空中建造楼阁。”

此外，艾森说：“写作很难被教出来，要想写好文章要靠自己的悟性。”这话我很有共鸣。这让我想起当年韩少华先生曾经对我的指教："在学习一篇文章之前，不要急着读文章本身，一定要先看题目。比如，《背影》，想想若是自己写父亲的背影会怎么写呢？想过这个问题再去看看朱自清先生如何写父亲的背影，就知道自己与作家的差距在哪里了。"

你这次见艾森真应当带上安妮，让她亲耳听听那段艾森苦尽甘来的描述："特别是那些让自己烧了很多脑细胞的文章写好后，我会迫不及待地关上办公室的门，面对着电脑大声朗读，体会着自己刚刚写下的优美的语句如同音乐一样流淌，余音绕梁，欲罢不能。"也许听到这样的感受，大多数人觉出的是甜蜜，可在我们这些以写作为生的人看来，觉出的却是一位妈妈在端详自己刚降生的孩子的快意。安妮从小就非常崇拜作家，其实作家的生活哪里是她想象的在咖啡馆里边写作边听音乐那么惬意呢。事实上，若是没有一份对写作的热爱之心，是很难耐得住这样的工作对人身心的考验的。

写作，这种我们成人都感到艰难的事情，若让不谙世事的孩子心甘情愿地接受，我以为，非得我们这些做长辈的身先士卒做到，然后加之以影响才可能传承下去。

再叙！

姐姐

孩子们的“幺蛾子”

珮嘉：你好！

来信说，这两天安妮又出“幺蛾子”了，说是要放弃弹了六年的钢琴，想改学吉他了。你信中说，这许多年的心血被她几句不着调的话就清了零，真是头痛。可是，比起我曾经历的烦恼，她这点“幺蛾子”又算得了什么呢！看看我当初家中的“地震”，你这纯粹是小巫见大巫。

去年，也就是琳达高二上半学期结束的时候，她从学校带回了成绩单。我定睛一看，上面的成绩怎么都是理科的，以为错了，核对名字，还真没错。叫来琳达一问，才知她已经擅自做主弃文学理了。你知道我当时什么感觉，脑子里只有俩字儿——私奔！这十几年，琳达文学道路上的成绩在同龄人中也算得上是走在了前面，原本是胜券在握的一局，怎么一夜间就毫无征兆地变天了。我当然得质问她“凭什么这么胆大包天！”我生她的气，告诉她这叫“最严重的不孝顺！”我恐吓她“从此不要指望父母会给你什么好脸子看！”

我并非故意拿自己当年的伤心事让你宽心，经过了这样的变故，我已从当初的怒气冲天平稳着陆了。事实上，是琳达对自然科学的执着追求感动了我们，同时也给了我们反思的机会。如今我只是想说，对于孩子的学业乃至将来事业上的“变卦”，不必感到惊讶，这不是逆反，更不是什么“幺蛾子”，回想过去，我们不也是这么长起来的吗？我们脱胎于自己的父母，小时候依赖他们的哺育，顺从他们的教诲，信任他们的疼爱，但这并不意味着我们会永远听话地跟在他们的身后。我们是这样，我们的孩子也是一样的。

前两日，偶然看到当年冰心先生翻译的纪伯伦的一首诗，和我们的话题很贴近，抄给你，共勉！

你们的孩子，都不是你们的孩子，

乃是生命为自己所渴望的儿女。

他们是借你们而来，却不是从你们而来。

他们虽和你们同在，却不属于你们。

你们可以给他们爱，却不可以给他们思想，

因为他们有自己的思想。

你们可以荫蔽他们的身体，却不能荫蔽他们的灵魂。

因为他们的灵魂，是住在明日的宅中，那是你们在梦中也不能想见的。

你们可以努力去模仿他们，却不能使他们来像你们。

因为生命是不倒行的，也不与昨日一同停留。

你们是弓，你们的孩子是从弦上发出的生命的箭矢。

那射者在无穷之间看定了目标，也用神力将你们引满，使他的箭矢迅速而遥远地射了出来。

让你们在射者手中的弯曲成为喜乐吧。

因为他爱那飞出的箭，也爱了那静止的弓。

这首诗的名字叫《论孩子》，选自黎巴嫩哲理诗人卡里尔·纪伯伦《先知》第四章。

再叙！

姐姐

如何为亲情保温

珮嘉：你好！

昨天午餐会上和艾伦聊天，她提到来中国的那一年中，常常会看到中国妈妈大声对孩子嚷嚷的情景。我半开玩笑地回敬她：“美国父母对着孩子大喊大叫的时候也并不少见呀。”艾伦对我的看法倒也认同：妈妈对孩子大声嚷嚷，在生活中的确是家常便饭，根本不分国界。

虽说我嘴上没输给艾伦，但心里也在嘀咕。因为在国外，见到的情况的确会很不一样。就家庭气氛的常态而言，确实比我们平静和幽默许多。

来信说，最近你对安妮的好多行为真是来气，说话的声音也越发不可控地大了起来，感觉孩子的心也因此和你渐行渐远，为此你十分沮丧。要我说，你大可不必这样悲观。妈妈和孩子间的争执，细细想来，从根子上说恰是彼此间深爱所致。不是吗？每天早晨，你若不是担心安妮饿着肚子去上学，何必扯着脖子吼她：“不吃好早饭不许出门！”她若是不在乎你的着急，也不会停在门槛上，飞着泪珠跟你申辩。这也许就是我们中国传统中的“爱之深，责之切”吧。安妮曾对我说，她的洋人同学从来都是自己解决早午餐的。从这点分析，东西方的风俗的确有很大差异。因此，安妮要入乡随俗，前面的“艾伦之问”，也就不难理解了。

咱们的风俗大多是：自家人之间，越是讲客套就越是显得关系疏远。我们的逻辑是：无论我对你发出的指责刻薄得多么让人难以接受，本意都是“为了你好”。这种彼此没有空间，使家人的感受完全被忽视的做法，恐怕我们都并不陌生。因此，频繁的争吵充斥着中国人的日常生活也就不奇怪了。

艾伦跟我说：她祖母曾告诉过她，无论谁都不可以强迫家人去顺从自己的意志。我心想，如果安妮听了这话一定会狠狠地点头称是。平心而论，你我也不会反对这样的道理。因为今天我们是妈妈，昔日，我们也曾是安妮。

中国一向有推崇慈父严母的民风，其中的那个“严”字对我们平日管教孩子的影响颇大。很多时候，你我对孩子的呵斥，也许大都是请它做的借口。其实，此“严”非彼“严”也。可使用善言和子女交流，的确也不是件容易的事情，真正的“严”需要以理智、智慧、善意、真诚为伴，而不是表面上看着很“严”的教训。

原先，我总喜欢寻找各地文化差异造就不同行为方式的原因，现在想来，在这个问题上，其实全世界的人都是一样的：只需记得孩子也和朋友一样，需要尊重、平等。要对孩子们多说“谢谢”“对不起”，更无须吝啬赞美。这才是为亲情保温最好的方法。

再叙！

姐姐

帝国大厦里的中国马

珮嘉：你好！

上次你电话里说郭峰在帝国大厦展出了他的雕塑作品。当时我并没有想到此郭峰就是那个音乐人郭峰。这样的转行令我惊讶，同样令人难以置信的是，帝国大厦竟会给出这么宝贵的地方展示中国文化。趁这次去曼哈顿的机会，又跑了趟34街，真的看到了那些中国的艺术品赫然摆在帝国大厦一层的橱窗里，脑子里立即想到的词儿就是“扬眉吐气”。虽然这样想有点儿透着自卑感。你别笑我，我这自卑感是有来由的，而且患者也并非我一人。

这十几年来，我们一直天南地北地游走于东西方文化之间，看西方文化的同时，也常会领受他们对华人世界的另眼相看。虽说也有一定数量的老外对我们的文化非常崇拜，但这并不能扭转相当一部分蓝眼睛对中国人的偏见。安妮在洋学堂里对此感受最深，而且我发现她最近言必称“人家”。

前天，勇哥从新西兰发来一张网络图片：动物医院和中国餐馆成了隔壁的邻居，图片的下方画了一只狗在想：中国人怎么是这样的！在海外，这并不是个别的现象，在很多西方的影视作品中，类似的情形不胜枚举，只要有中国人出场，总是怪模怪样的。虽然这里面有洋人井底之蛙的原因，但也有我们现代人对自己文化没有很好地传承和发扬的问题。尤其是最近几年，打开互联网，爆料同胞在国外“现眼”的新闻比比皆是。在外国人眼里，中国文明俨然只属于古人，而现代的中国人几乎快成了不文明和愚昧的代名词。由于在海外常常遇到同胞的不妥之举，因此我也一度认同这样的舆论：现代的中国人简直是太糟糕了！因无知而胆小，又因有钱而放肆，不懂得尊重他人，也不知道自重。

这次来纽约，正巧遇到海文过来采访，聊到西方人眼里的中国人。海文提到一个观点让我深受启发：新闻报道的数量和频率有时并不能说明事实的真相。新闻的主观性常常会误导人们的判断。我们身边有很多同胞，他们很少暴露于街巷，而是栖身于斗室，潜心于自己的天地。细想想，这不正是中国最核心的人群吗？郭峰讲“任何艺术都是相通的”那句话真是精到，亦算得上是一种悟性了。而那些骏马出自一位音乐人之手也正是这层原因。其实，像郭峰这样有思想和追求的现代中国人是大有人在的。

之所以写这封信，也是想让你多多提醒安妮，在国外大可不必看洋人哪里都好而瞧不起自己的同胞。对自己民族的妄自菲薄，往往是因为我们的孤陋寡闻所致，很多时候，我们并不了解身边人的生活。

再叙！

姐姐

什刹海岸边的小葫芦

珮嘉：你好！

前日，君轩来北京出差，我约了他到什刹海小坐。一来这里有一池春水，虽比不上他所处的江南，但至少可以给“北京雾”增些污染以外的概念，特别是这里老北京的味道，全世界的人都趋之若鹜，相信君轩也一定喜欢。

席间听我说起咱们家的十五代家谱还幸存至今，君轩非常羡慕。同时也对他们家族没有留下这样的材料感到莫大的遗憾。我安慰他：“君轩，你从现在着手建立家谱，一点儿都不晚。对于咱们的后代来讲，今天我们所记下的，其实就是历史。”

吃过饭，我带君轩沿后海散步，湖边正看见一个老太太卖小葫芦，我买了一个送给他，他好喜欢地捧在手里，微笑着说：“今天这个小葫芦是件小玩意，一百年之后不就是古董了？”显然他在回应我方才的“记录今天就是书写历史”的那层意思。看到君轩真心接受了我的建议，想象着我们一年后再相见时，他会怎么欣喜地向我炫耀他的日记本，真是心满意足。

昨天我收拾旧书时，无意中翻出了《爱默生日记精华》。之前，我只知道爱默生有写日记的习惯，却不知他从17岁至72岁保留有非常完整的日记。他把自己的日记称为“储蓄银行”，他的很多精彩篇章大都出自这所“银行”中的积蓄。细看这些日记，可不是我们所说的一般意义上的、记录家庭琐事的日记，除了用清新笔力描写自然和生活之外，更有关乎人生哲学、国家、社会方面的探讨。这让我感觉到和君轩交代的那些话不免粗陋。虽说自家有十五代家谱留存也不是件易事，可细想那图谱，也只是些祖先的名字而已，其中先人的经历和认知的成分基本是个空白，现在想来，这是个很大的遗憾。所以，我琢磨着，除了自己要改进写日记只做流水账外，还要提醒孩子们，写日记除了记人论事，记录思想的轨迹同样是有价值的。

不仅是爱默生的日记给了我这样的提示，我还想起富兰克林的日记。我在费城参观他的纪念馆时见到过，想象、思考、追求，字字句句跃然纸上，对后人真是一笔巨大的财富。

再叙！

姐姐

不被失败打垮

珮嘉：你好！

昨天你写信告诉我，安妮编导的舞蹈被这次学校挑选节目时淘汰了，孩子很高的心气儿一下被打落到地下，几天都为这个结果懊丧不已。同样是鼓励的话，平日里说给孩子她都会很振奋，但在这个时候说，似乎显得很苍白。你很发愁，真不知道该怎么让安妮打起精神。

承受失败的痛苦，不要说对于稚嫩的孩子们，就是成人，何尝又不是一件难事呢？那么，我们怎么才能让孩子们不被失败打垮？对于孩子们在生活中如何面对挫折。约翰逊夫人笔下一只老鹰的经历给了我们一个很好的提示，你不妨讲给安妮听听。

一只老鹰终日为它的孩子辛苦捕猎。一日，老鹰从海上抓来一条大鱼，正准备喂食它的幼鹰，可不幸的事发生了。在树下耕种的人们发现了老鹰的鱼，它被人们围攻，被迫扔掉了那条鱼。老鹰飞回巢里，却没有食物。面对小鹰们张开的嘴，老鹰茫然地望着它的孩子们，仿佛在说：“我实在不知道该怎么办了。”不过，无奈很快

过去，随着它几阵尖叫声在空中划过，它又一次飞向海边。两倍的时间之后，老鹰回巢，回来的不仅是筋疲力尽的身体，还有一条更大的鱼。这，也许是很多国家把鹰作为国鸟的原因所在。在失败面前，人要有坚定的意志才能做成事情。

如何不被失败打垮，如何面对生活中的挫折，我们唯一能做到的只有坚持。还记得姥爷曾告诫咱们的一句话吗：不是所有的努力都会有结果，但是不努力，一定没有结果。作为孩子的长辈，回首往事，我们的半生其实已遍尝失败的艰辛。从失败的阴影中走出来，最艰难也是最重要的一点莫过于：我们要战胜的不仅仅是对手，更是自己的内心。

虽然我很理解你心疼安妮的心情，但不要太在意眼下孩子沮丧的情绪，时间会抹平这些，一切都会过去的。在这个时候，我想，你不妨借这次失败的经历告诉安妮这样一个事实：相比成功而言，人的一生中见到更多的应当是失败的尝试。这个道理，不但会从历史故事中得到印证，还会不断地出现在他们的生活中。对现实有这样的预期，会使孩子们早早地做好迎接生活中各种困难的准备。若是安妮能理解这个道理，这次失败的经历所带来的价值，其实还是蛮高的。

再叙！

姐姐

教育的秘方：复制成功？

珮嘉：你好！

昨天安妮来信说，这些日子，经常收到你发去的“别人家孩子”的成功秘籍。小家伙儿说，刚开始看那些成功申请到“藤校”的学生经历，感觉很钦佩，可看多了，倒有些不知所从了。对安妮的这种感受，我非常理解，因为，我手上也有你寄来的同样的材料。

安妮之所以有那种眼花缭乱的感觉，主要是因为美国大学的录取程序与国内有很大的不同，高考（SAT）的分数只是个基本的门槛儿，对最终是否被录取并不起决定作用，反倒是那些并不被我们重视的经历、能力才是真正打开名校大门的钥匙。现在的你对这点看得很明白，但你有没有意识到，你在帮助孩子逃离应试教育体制的同时，却在不自主地走入另一个误区：鼓励孩子复制他人的成功路径，这颇有点儿像带着应试教育色彩的素质教育。

一年前，我曾参加过几场中介组织的留学说明会，留学指导专家把被藤校录取的孩子的情况分析得头头是道。藤校录取的标尺似乎就躺在他们的抽屉里。在这些中介的眼里，美人儿的标准就是樱桃小口瓜子脸，长成别的样子简直就是在冒险。从身边中国父母信服的眼神中可以感觉到，一个和高考抗衡的指挥棒已经诞生了。

近十几年来，国门逐渐打开，让我们看到了西方素质教育的美景。条件比较好的家庭，希望通过把孩子送出去的方式，使孩子逃离应试教育的苦海，可实践证明，这并非是一条轻松的路。大部分中国孩子准备美国高考的时间仅仅三年。琳达在准备申请国外大学的过程中就经常感叹“敢情还是高考舒服呀”！

其实，只要是向上攀爬，任何道路都不会是轻松的。这次去波士顿，巧遇了史密斯教授，席间他的一句问话令我反省：“中国孩子们的申请材料，有着让人难以分辨的优秀。人人都有着足够长的志愿者服务时间，那么多学生都有自己的发明创造，GPA（平均成绩点数）都高得惊人……你们是怎么做到的？”我虽不怀疑史密斯的友谊，但却察觉出这话骨子里的深意。我知道他探问的是我们手里那张复制优秀的偏方。

我又何尝不能体会你的心情？我们没有办法改变自己身边的现状，只能迎合洋人的标准，这不仅是你的苦水，也是我们身边千万家庭的无奈。可值得我们沉思的是：把自己的孩子绑到一条别人成功的轨道上就能成功，这不过是一厢情愿的想法。虽说成功的人有共性，但这些共性不意味着成功。就像经商的人们，最终发财的“分子”是少数，大部分是“分母”，想必“分母们”当初也不乏按

GPA
SAT

“分子”的法子在努力。

每个孩子都有着自己的个性，而生活航道也有着多种可能。人的一生，重要的不是担心目的地的情况，而是享受旅途的快乐。安妮不愿意复制别人的道路，哪怕是成功者的捷径，因为那会减少很多旅途中的乐趣。如果你我还能回忆起我们的少年时代，这样的心情想必不难理解。

再叙！

姐姐

讨论身边的事情

珮嘉：你好！

来信说，安妮现在的语文已经进入了学写议论文的阶段，这对于 14 岁的孩子，的确是个不小的挑战。不过，议论文虽然难写，但对于孩子们思考生活、认识社会是很有帮助的。你问我为什么琳达的议论文写得那么好，其实答案很简单，三个字：勤思考。

不知你们的小家现在是否还在坚持下午茶时光的闲聊呢？我觉得，每周的这段时光，对琳达思考身边的事物是很有帮助的。比如，上周，我们聊起了内地游客被港人指责让小孩子随地小便的事。我义愤填膺地站到了内地人一边，琳达则给香港人当起了律师。结果是公说公有理，婆说婆有理。但这又有什么关系呢？没有结论本身就是一种结论，这就是生活的样子。

可巧，与上面提到的下午茶只隔两周，我们全家就去了香港。更巧的是，还遇到了和那家子内地游客相同的境遇——孩子爸内急。放眼一望，周边都是小门小户，想必不会有公共厕所提供，还好，有家医院。五分钟，孩子爸神清气爽地就出来了，见到我们马上就做开了广告，把医院的环境说得跟星级宾馆似的，厕所自不必说了，搞得我和琳达还真想见识见识特区的医院是啥样子，顺带去趟洗手间，防患于未然。果然，一进医院的门就感到了马力十足的冷气。候诊区是沙发围着电视；不爱电视的患者有八仙桌和各色报纸伺候，粉色着装的医护人员态度极其和气。光看到西洋美景，怎么没有望见洗手间？没多想，我带着琳达径直走到前台，向坐在服务台里的阿姨打听洗手间在哪里。出乎我的意料，她竟冷着脸问我：“你有什么事情吗？”根据她标准的普通话，我知道她听懂了我的话，那么“你有什么事情吗”这样的回答又是何意？我纳闷儿，难道打听洗手间的人，除了要上厕所，还会有什么其他公干不成？透过香港阿姨撩起的白眼儿，我意识到，如果我如实交代要上厕所的企图，八成儿会收到这位阿姨“出门向左拐”的指导。这个险我可不能冒！于是乎，我开始在心里打起了小算盘：自从世界厕所大会在咱们中国召开以来，在上厕所的问题上，我还是学习过有关文件的——公共设施的卫生间原则上是对公众无条件开放的。可如今，县官不如现管，闹出新闻来，谁都不好看。情急之中，计上心来：何不用英国话试试！果然灵验，透过香港阿姨眨巴着的眼皮，我看到了一丝不易被察觉的、稍稍带着点“悔”的惊奇。好在这时，我的眼前恰巧出现了位年轻的男医生，彬彬有礼地为我们引路，算是化解了一次危机。

琳达在一边目睹了这一切，我以为她会觉得好笑，但是她似乎心很沉。她说这让她想起之前我们曾讨论的那个话题，体会到了那对内地夫妇的处境。两周后，琳达的一篇《香港人的脸色》得到了老师很高的评价。

再叙！

姐姐

工人出身的读书人

珮嘉：你好！

这次安妮回国，问起她为什么没有再像从前那样，对于北京的拥挤与不洁那么敏感，她说："其实，巴黎人的生活也并非是塞纳河两岸的浪漫，城市真正的模样往往不是浮在街道上的，我爱的是骨子里的北京。"这样的话的确令人欣喜，安妮长大了。可见，书籍和行走使孩子们对生活的理解自然地深了下去。

这次春节，我带琳达看望了在通县居住的安阿姨。几年未见，老人家已是满头银发，而让我更加吃惊的是，她的晚年竟然与艺术结缘。而我脑子里的她，还仍是那个在工厂的大灯罩下，宁心静气地绘制机器零件图的年轻姑娘呢。如今，一踏进安阿姨的家门，绘画、雕刻、园艺……让我见识了在拥挤的京城，人们竟可以这样艺术地生活。

这让我想起当下报刊上很多抨击"丑陋中国人"的言论。事实上，就像安妮说的，街道上人们的所见，并非是一座城市真实的面孔。而像安阿姨这样生活着的北京人还真不在少数。

上周去医院探望爸爸，遇到同住在一间病房的宋叔叔。我给爸爸倒水的时候，无意间瞥见宋叔叔在看书。我按捺不住好奇，问话脱口而出：“宋叔叔，什么小说这么好看？”宋叔叔把封面举起来凑近我的眼，封面上的内容让我惊呆了——是温广义的《唐宋词常用语释例》，1978年的版本，定价一块五。我马上意识到方才的“小说”之问把人家看低了，忙找词儿恭维：“宋叔叔，您学问好大啊！”“哪有啥学问，我没事看着玩儿的。中国书店淘到的。”“没学问哪儿看得下这样的书？您是搞古典文学研究的吗？”我本想以此来弥补自己刚刚的冒失，没想到宋叔叔的回答让我更加尴尬：“我是工人出身。”两秒钟的沉默被宋叔叔宽厚的微笑打破，他随即又从床头柜里翻出了两样宝贝让我看，一本是朱自清的《经典常谈》，一本是《物理新发现》。

就像安妮之前说的“城市真正的模样往往不是浮在街道上的”是一个道理，现在想来，其实那些有着不良举止的同胞，只是浮在社会生活表面的一部分人而已，虽然数量不少，但却不能称作中国的主流。还有相当一部分国人，也许物质上并不富有，但他们自律、有自己的追求。他们的美德没有表达在西方世界的马路上，但却真实地存在于世间。

再叙！

姐姐

不要抢答

珮嘉：你好！

这次带琳达和安妮去黄山，玩儿得很开心。你问我途中有什么故事发生，还真让你说中了，我这里倒真有个小剧本儿呢。

登黄山的路修得很好，我本想着带她们徒步上去的。可一路上，总被那些带着滑竿的轿夫左右不离地追着。抛开脚下的累不说，光是听他们诉说自己家境这一件事，没有点儿铁石心肠，还真过不了这一关。连我这个见多识广的成人都撑不住，更别提两个小孩子了。终于，我投降了，付了钱，租了两顶滑竿，我们坐了上去。此时，所有人的眉头都舒展开了。

这次孩子要求坐滑竿，和平日的懒惰有很大不同。我深知，此时，两个姐妹的开心多半来自她们对轿夫的同情，可事情的发展并非她们想象的那个样子。没过多久，随着山路的逐渐陡峭，轿夫的行进开始艰难了起来。为了保持滑竿的水平角度，轿夫甚至要膝盖着地，跪着走。我心里默念着“罪过”，目光同时投向了坐在另一个滑竿上的两个孩子。她们的眼睛也正望着我，为难的表情道出了两个小家伙已经后悔当初坐滑竿儿的选择。

一下山，安妮就拉着我的衣袖解释："姨妈，这回我们坐滑竿儿可不是为了享受。"琳达说："妈，真的，我们实在是觉得他们太可怜了才要坐滑竿儿的。不过，坐上了滑竿儿，觉得让人家在那么陡的路上抬着我们，又累又险，心里更难受了。"等她们鸡一嘴鸭一嘴地说了一车话后，我问她俩："那今后你们遇到这样的情况，还要不要坐滑竿儿呢？"安妮忙捂起了耳朵："这太难选了！希望我们以后再不会碰上这样的事情了。"平时脑筋灵活的琳达，此时也被我这一问难住了。没想到，刚刚发生的这么件小事，居然能使"同情"二字在孩子们的脑子里换了另外的颜色，以至于她们得重新认识一下它了。

是啊，同情是那么美好，而生活的继续却不是建立在同情的基础上的。我想，这样冷酷的现实若在此时脱口而出，眼前这两颗幼小的心灵还不得被击得粉碎。在为孩子们解读人生这件事上，并非所有的事情都要早早地和他们交代清楚。有些问题瞬时揭晓答案，一来可惜，浪费了这些案例最值得思考的部分，二来为时尚早，只有童年拥有充分的天真，才会使她们成年后生出最缜密的思想。"回避问题"从某种意义上讲，是给孩子们提供一个认识生活本质的机会。

生活中的很多问题是需要孩子们一辈子去追问的，所以，我们大可不必去做那个抢答者。有朝一日，当他们在谋生之路上成为另一种形式的轿夫时，今日的黄山之行对他们认识人生会更具深意。

再叙！

姐姐

把被子抱走

珮嘉：你好！

你来信说，安妮周末总睡懒觉的事让你很伤脑筋。这里我要说，我理解你，同时也理解安妮。

睡懒觉，其实是人人都会经历的。我还清楚地记得，当年爸爸是怎样治疗咱们周末睡懒觉的坏习惯的——把被子抱走！现在想来，“抱被子”的做法虽然有效，但不免鲁莽和简单，一来缺乏对家人的温情，二来缺乏对“瞌睡虫”的理解。是的，我知道你一定会质疑我的：难道懒惰这样的坏习气还能被理解吗？我的回答：当然啦！

充足的睡眠和睡懒觉是有本质区别的，这一点你不必担心我分不清楚。合理的睡眠是对人体消耗必要的补偿，懒觉则是过度的睡眠。大多数懒觉基本上是源于人们没有积极的生活目标，试想，若是一个男孩子上午要和一位心仪的女孩子见面，他哪里还会有什么懒觉呢？

记得琳达很长一段时间也是爱睡懒觉的，可这个暑假，为了和同学去湖边喂野鸭子，根本不用闹钟，我还没醒，她人早就没了影儿。所以，解决孩子们睡懒觉的关键不是掀被子，而是要想办法找到能牵动他们的事情。

话说起来容易，但孩子们在生活中要面对的事情哪里都会像喂鸭子那么简单、有趣呢？记得爸爸曾感慨：“现在的年轻父母，恨不能让孩子们在说笑间就把知识学到手，这真是个极大的错误。”回顾你我走过的路，这话不假。所以，要想让孩子们成才，我看多半还得靠他们在学业上卖苦力，用爸爸的话说是“苦中作乐”。

虽说当年爸爸“搬被子”的举动有些不近人情，但这里面不无道理。在上个世纪50年代，出身农民的爸爸能考取大学，这里面所经历的辛苦他老人家自是明了。现在有很多孩子身处家庭的安乐窝，感受不到未来将面临的挑战，以为手里玩玩微信、打打游戏，跟着学校把课本学完，舒适的人生自会延续，而对于“逆水行舟，不进则退”的道理，并没有真正放在心上。

很多中国家长总以为西方教育是在放羊，其实这是个极大的误会。事实上，西方教育采取的是自然选择的方式。如果你有读书的本事，好，我们有培养“劳心者”的学府；如果你不是读书的料，学校不会硬逼着你读书，你可在升学的时候选择相应等级的学校，今后成为“劳力者”。12岁之前，我们能看到洋人孩子们都在玩，可之后你看看，特别当他们14岁进入高中之后，精英学校给聪明孩子的压力并不是我们在中国能想象的。天道酬勤，全世界都是这样的，没有什么不同。

从我对安妮的观察看，家里舒适的生活没有可以激励她早起的理由，与她亲近的朋友又都是和她有着相似生活背景的孩子，你让她凭什么周末早早起来读书做事？所以，要我说，你该做的不是生气，而是要想法子激励她“苦中作乐”。

再叙！

姐姐

让人不安的早自习时间

珮嘉：你好！

安妮如愿进入了她心仪的高中，开始了新的生活，真为她感到高兴。昨天接到你的来信说，你对美国高中教育不看好，甚至觉得安妮学校的好多要求是瞎耽误工夫。

你最不满的是老师在早自习时间，让孩子们自由写作的安排。Free writing time（自由写作时间），足足70分钟啊！能背多少单词，做多少道题啊！中国古话说：一日之计在于晨，这么好的时间不用来干正事儿，却用来写什么日记、随笔，还不论体裁和字数，老师也不判分儿，这不是胡来吗？乍一听，我也有点儿蒙了，可细想想，这里面还真是有门道呢。

以往我们一遇到孩子们写作文的事情就发愁，哪怕是老生常谈的“一件难忘的事”，或是“一位难忘的人”，都会是全家搜肠刮肚地帮着编故事。其实，若是我们平日里都像安妮学校里这么练笔，不知会有多少难忘的时刻都会被定格在我们的脑子里，何愁没有素材和好文章出来？只可惜，生活中有太多的感动都被我们忘掉或者无视了，所以写不出“难忘”一点儿也不奇怪。

此外，我想，“自由写作”的用意恐怕还不止于写作。细心翻阅安妮的笔记不难看出，他们课堂上讨论的话题很多涉及深刻的哲学问题，比如“谎言可以是合理的吗？”“在群体中要不要保持个性？”“你心目中的英雄是什么样子？”“成功的人总快乐吗？”……如不是平时对生活细致入微的观察和深入的思考，这样的命题别说是安妮，就是成人碰到了，又该从何谈起呢！

我俩不是常说，为了认字而认字，为了做题而做题其实是最没有意义的事情吗？当孩子们为了写出一篇漂亮的文章而煞费苦心地去寻找一个恰当的表达的时候，留在他们眼里的词汇不知会有多少。记得安妮曾跟我描述过他们的数学课：课堂上，格林老师从餐馆借来菜单，让孩子们练习点菜，那节课的题目是“怎么才能用最少的钱点到自己想吃的东西？”老师让孩子们从套餐、单品的不同优惠政策中选出最佳方案，最后，他才开始讲他要讲的正题。你看看，这样学习知识的方法，比抱着词汇表、习题册埋头拉车不知要强上多少呢。

想想平日我们督促孩子们写日记、培养他们对理工科的兴趣是多么困难的事情，人家学校这么动脑筋地启发孩子的心智，你怎么却是一肚子怨气呢？

再叙！

姐姐

柒

安妮说：“当我在学校和家中遇到烦心事的时候，一想到我们曾去过的地球上的那些地方和那些人，我的心就宽了，世界大着呢，这些事都会过去，真没什么可怕的。”

黛西姐姐的小黑板

珮嘉：你好！

你来信说很不理解老外的AA制。嗨，入乡随俗呗，慢慢品吧。细想，我们中国的礼尚往来其实不也是一种AA制吗，不过是我们的AA制更含蓄而已。你这话让我想起了前不久的一次经历，既和教育有关，更对理解中西文化差异的根源有益。

回北京的火车上，认识了一位年轻的西班牙裔妈妈凯瑟琳，带着一双儿女，坐在和我正对面的座位上。姐姐黛西八岁，弟弟汤姆五岁。

一路上，黛西都拿着她心爱的小黑板在上面煞有介事地画这画那，招得弟弟汤姆眼馋得不行，一会儿好言求姐姐把小黑板给他玩儿一下，一会儿试图趁姐姐画得入神，猛薅一把，结果呢，要么是被黛西无情拒绝，要么就是不敌姐姐的力气无功而返。我闲得无聊，一直在用余光观看这场微型战争。凯瑟琳没直说，但眉眼间似乎察觉出我注意到两个孩子间的小纷争了。我们相视而笑，凯瑟琳用眼神告诉我，在她家的房檐儿下，这是常事儿。僵局约莫持续了十分钟，姐姐的无情和弟弟的执着远没有止步的迹象。我想，要是中国妈妈，一定会为这场战争做个了断，可是，我们眼前的这位洋妈妈呢，却偏不捡我们中国妈妈那些好使的法子用。只见凯瑟琳一面用轻轻的摇头和略显不满的眼色制止汤姆试图抢夺姐姐小黑板的动作，一面不疼不痒地对黛西说：“我知道这个小黑板属于你，但我觉得你可以考虑给弟弟玩儿一下。”可结果呢，黛西姐姐像没听见妈妈的话一样，继续自顾自地享用小黑板。可怜的汤姆，越是得不到姐姐的恻隐之心，越是觉得那个原本很平常的小黑板乐趣无穷，眼泪鼻涕一块涌了出来。但这样又有什么用呢？姐姐不但没有把这些放在心

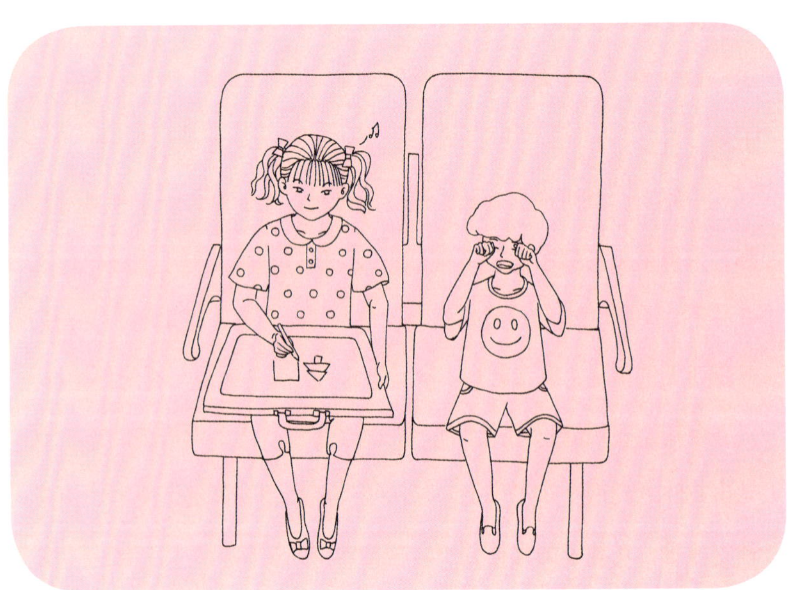

上，还一面哼着小曲儿，一面津津有味地给妈妈画起了像。汤姆气得烦躁了起来，眼泪四溅。或许是因为察觉到我的神经被这两个小人物的战争牵动了，终于，凯瑟琳发话了：“黛西，我觉得，你不让弟弟玩一下你的黑板实在不是个好主意。”接着，是所有人持续了长达半分钟的沉默，之后，凯瑟琳把脸又转向了我。这时，我才意识到“实在不是个好主意”竟然是个终审判决。姐姐黛西仍然坚持自己的立场和小黑板的裁决权：这是我的财产！此时的汤姆已是抓耳挠腮。看到汤姆的可怜相，我用眼色叫停了和凯瑟琳的闲聊，心想：后院儿都快着了，还聊呐？但毕竟是初次见面，于是便半感慨半暗示地对凯瑟琳说：“你的耐性真好。要是换了我们中国妈妈，是不会让这样的情形持续那么久的。我们会告诉姐姐，谦让弟弟是一种美德，并会使孩子们照着做。”从眼神看，凯瑟琳似乎对我的意思非常清楚，从容的解释像是事先准备的：“若是在汤姆小的时候，不让他知道姐姐的权利不容侵犯，等他长到比姐姐强壮了，他就会抢夺他想要的一切，这是我们最不想看到的。当然，现在他会觉得不舒服，但这对他的将来会好。至于姐姐如何选择，我已经给了她建议，但我不能替她决定。”听了这番话，我最突出的一个感觉是：中西教育最大的差异，并不只是“谦让和不谦让”的问题，根本上是对眼前利益和长远利益所持的态度。“谦让”在我们看来是文明的表现，而在洋人的脑子里，制度约束是给个体带来长远利益的最基本的保障。

如果没有制度保障，今天你是强壮的黛西姐姐，明天弟弟长大了，姐姐不再强壮，人类的文明就会沦落回森林法则的境地，这就是凯瑟琳这位妈妈所持有的制度文明的逻辑。

反过来想想“谦让说”，其实是咱们中国文化中更高层次的境界，前提是“人之初”应当是“性本善”，和前面提到的“礼尚往来”一样，与西方的制度文明共存一世，二者略无参商。

再叙！

姐姐

优秀的风险

珮嘉：你好！

前天在报上看到，2015 年 1 月 31 日下午，耶鲁大学师生在贝特尔教堂为在 27 日自杀的华裔女学生的不幸离世组织了一场纪念活动，并呼吁学生关爱自身。这与之前看到的 MIT（麻省理工学院）斯隆管理学院的 28 岁的中国女留学生自杀的事件仅隔三个月时间。回看这两起事件的主人公，加上 2009 年以同样方式结束自己生命的加州理工学院的数名学生，这些鲜活生命的逝去令人痛心。

虽然这许多案例背后的原因很复杂，但这些孩子的共同特点令人深思：他们无一不是非常优秀的学子！这不免让我想起上星期到敏芝家，看到她在儿子床头上贴的那个横幅——“优秀是一种习惯”。

的确，我也老和你念叨“好孩子是夸出来的”那句流行语。我们这一代人，大多数都只有一个孩子，加上中国的传统教育在培养孩子自信心上的长期缺失，所以，“好孩子是夸出来的”在我们这代人中深入人心，便不难想见它的背景。但从上面的例子看，凡事过犹不及。适当的鼓励，对孩子日常行为是个鞭策，但从人生的长远看，过分地运用“夸”这个办法，便会造成天大的谬误。一个小孩子，特别是那些在学校的竞争中长期处于优势的孩子，整日面对的都是师长的夸奖，加之周遭同伴欣羡的目光，那么，倘若有一天他们遇到了生活中的种种不如意，这些优秀的孩子又当如何应对？上面的例子就是这样情况的极端反应。当然，这样的“远忧”一时也许很难进入我们望子成龙的父母的视野，但这种事情发生频率的增加，不得不让我们警惕这样的倾向。

也许是事业上的竞争还没有完全从我们这些年轻父母自身的生活中褪去，因此，我们会不自觉地忽略了，生活中要“排队”的哪里就止步于学业、事业呢，还有诸如健康、交友、婚姻等等太多的东西，哪个搞不好都会造成一票否决的恶果。没有谁能保证在生活中我们的孩子总是处于优秀的队列。一旦孩子们在一个新的环境下不再优秀，那么，这些已经习惯了优秀的孩子，将如何面对“平凡”这个世间的常态呢？这个问题也许会成为将来摆在他们面前最大的考验。

由此看来，我们作为孩子的父母，还是慎用“你是最好的”这样的话来误导孩子，因为，当生活的种种变数不断地告诉他们“你并非是最好”的时候，孩子们稚嫩的心灵很可能还没有具备战胜困难的勇气，所以，发生前面那些悲剧就有了自身的逻辑了。

因此，从长远看，我们作为孩子人生的领路人，还是不要只顾着给孩子们指明更高的目标而忽略了其他。在鼓励他们向更高的山峰攀登的同时，别忘记教给他们如何勇敢地面对生活中的种种难处，并如何设法去战胜它。

再叙！

姐姐

自己去趟博物馆

珮嘉：你好！

来信说，安妮很坚决地拒绝了周末跟你去博物馆的安排，对此你非常生气，问我该怎么办。要我说，你不妨自己去就是了。到博物馆开开心心地泡上一个下午，好好放松一下，累了就到四层的咖啡馆坐一会儿，然后把你对博物馆美妙的感觉带回家里，也许效果还更好呢。对付孩子的逆反心理，有时恐怕还得迂回一下。

这里，我倒是有个小经验和你分享。当年琳达是从四岁开始学习钢琴的，到了六岁的时候便不再那么热衷练琴了。我虽然不死心就这样放弃，但也理解这种“审美疲劳”的感觉。我心里明白，我要做的不是每周把孩子拖到老师家去上课，或是每天盯着她练琴，而是要再次点燃琳达对钢琴的热爱。本着这个想法，我首先停了琳达的课，表面上断了她和钢琴的关系，但背后却没有停止打我的小算盘——我们家唱机里会经常播放琳达平时经常弹奏的曲目，但演奏的不是她，而是钢琴大师们。“外行听热闹，内行听门道”，不用我说话，她自能觉出里面的道道。音乐上的事，我是拎不清的，所以我会设法鼓励她去听音乐会，让音乐家们向她诠释生活里为什么要有音乐的道理。我一度还请她做过我的钢琴老师，让她为我的笨手笨脚着急……结果，就是你看到的，她重新爱上了音乐，钢琴怕是会成为琳达终身的伙伴了。

我很理解你的心情，你想为安妮的艺术之路领航，可小家伙看上去似乎并不领情，如果你真是仗着家长的权威把孩子赶进博物馆，我想伤心的就不止你一个人了。安妮可能因此而远离艺术。所以想得到一个好的结果，秘诀就是得和孩子们斗智而非斗勇。

再叙！

姐姐

送乞丐牛角面包

珮嘉：你好！

来信说，安妮现在正闹着暑假要带她的几个外国同学到中国旅行，你的“一万个不放心”都在信纸上摆着，对此我以“万分理解”回应你，一点儿都不为过。因为，我又何尝不是个凡事亲力亲为的妈妈呢？琳达和安妮的确是被我们的大家庭呵护着长大的两个孩子，她俩自己都没有照顾过自己，怎么能想象她们去照顾别人呢？可是想来想去，我们总得面对的一件事是：孩子们迟早需要面对复杂的社会而走向自立。

今天在阳台上搭衣服时，刚好远远看到琳达放学回来。我在楼上手舞足蹈地和她打招呼她没看到，她倒和路边的一对儿乞讨的人说起来没完，我怕她不辨好歹，忙打电话给她，嘱咐她小心，别受了骗。想必是琳达没有听到电话铃响，我看她始终没有接听电话的动作。更让我着急的是，这孩子没接电话不算，还从书包里掏出个什么东西给了对方。还好，五分钟后，琳达安然到家。进门我就担心地问：“刚才那俩人跟你说什么呢？”琳达边洗手边回应我：“他们说，他们饿了，问我能不能给他们些钱买点吃的。”我问：“那你给了多少钱呢?”琳达说：“我怕他们骗我，就把您给我买的那个牛角面包给他们了。”听了这话，我真是哭笑不得：“你倒是长心眼了。不过人家能领情吗？小傻瓜，现在的乞丐可都是冲着钱来的。”琳达边吃苹果边得意地说：“怎么不领情?他俩还你推我、我推你地客气呢!”

通过琳达这个事，我就想，我们成天坐在家里担忧孩子们这个不会、那个不行，总恨不能把他们包裹起来，好与无处不在的麻烦隔离，生长在最安全的地方，而这却又是多么难维持的状态呢——社会本就是个处处充斥着麻烦、处处隐藏着危机的地方。

这次带琳达去悉尼拜访智诚教授，本是想就琳达将来求学的事情请教他的，结果让我们吃惊的是，教授的开场白偏偏不是学术却是生活："亲爱的琳达，你在家里做不做饭呢？"琳达如实招来："厨房是妈妈的领地，她从不让我插手的。"教授答："明年，你来国外读书，你面对的同龄人不但会做饭，还会开车、洗衣服，和银行、房东打交道，还有一年你就要和他们一样了，时间还是蛮紧的呀！"这话别说琳达，我听着都犯了晕。教授说的一点不假，一年后，甭管你的羽毛长没长好，生活都会要求你起飞的呀！这时我才意识到，我们做父母的总把孩子们搂在我们的翅膀下面，能多护着一天就多护着一天，对他们不但没有太多的益处，反倒是给他们成年后的生活制造了很多麻烦。所以安妮带着她的朋友们来中国的事，要我说，不妨支持小家伙儿一下。

再叙！

姐姐

马可家的圣诞树

珮嘉：你好！

刚才安妮和琳达兴奋地说起今年去伦敦过圣诞节的事，特别是那棵圣诞树，给她们留下了深刻的印象。圣诞节前，她们和马可全家走了好远的路，去一个苗圃选圣诞树。那是棵又大又壮，带着清香味道的真正的树。圣诞树到了家，马可全家上阵打扮它，装点的饰品并非商场里的小玩意儿，而是马可家祖传的玩具和纪念品，马可的妈妈还给两个孩子讲了每一个挂件背后她家人的故事。琳达说，这是她们第一次那么近距离地感受西方的节日。这种感觉和之前她在国内所见的热闹的圣诞节完全不同，英国家庭的圣诞节“年味”更浓一些，有些像我们的春节，但比我们的春节更雅致、温馨些。

我很赞同孩子们能用心感受西方文化的态度，但心中也泛起了一丝生怕她们被洋文化拐跑了回不了头的隐忧。所以，在今年春节，我一直留心找寻些往常不被我们注意的文化元素，希望能够不露声色地回应孩子们对圣诞节的崇拜。

大年初二，按惯例回娘家看望爸爸妈妈。吃过饭，爸爸拉着我们到他的书房，只见平日摆满书的写字台，已经全部换上了贡品和祖父祖母的照片。看到琳达和安妮诧异的表情，显然，这小姐俩把这当成了封建迷信。好在孩子们还算是乖，在我的指示下规规矩矩上了香才离开书房去玩儿。

祖父母已去世数年，每逢节日，做这样的仪式已不再有悲伤的气息，思念和感恩才是这间书房里主要的颜色。爸爸边播放着十年前和奶奶拉家常的录音，边侍弄香炉，怕我听不懂家乡的方言，还一句句翻译给我听。这样的情景和窗外喧嚷的节日气氛融为一体，勾勒出中国特有的年味赋予我们心灵的感受。

之前的十几年回江苏老家过年，那时奶奶还健在，为晚辈们忙活完蒸糕烧菜的任务后，饭前必是要供奉先人一番。一次，我问她，那供奉的画像是谁，奶奶的回答令我惊讶：那画像竟然是她的婆婆。奶奶说：她的婆婆为家族的生存费尽了心力，是个了不起的人。现在想来，一个媳妇连续半个多世纪地敬重自己的婆婆，这不正是春节所赋予我们最深情的那部分内容吗？

安妮、琳达她们这代人生活在信息时代，互联网和先进的交通让她们的眼界可以触及世界上很远的地方，这无疑是件好事。但我是这样想，作为孩子们的父母，远处的西洋景我们要让她们了解，而我们民族自己的好，也一定提醒孩子们记着。民族的自豪感才是孩子们在国外立足的根基啊！

再叙！

姐姐

外来的和尚好念经

珮嘉：你好！

上封信提到“凡是你这个妈妈提倡的，安妮都要反对”。其实这哪里是你一个人的烦恼呢。琳达虽说在同龄的孩子中算是青春期逆反不那么强烈的，但我们母女间也并不是一点儿战火没有。

新年那天，我从书架上费劲巴拉地取下了那套我曾经非常喜欢的《光荣与梦想》递给琳达：“新的一年，我看你的读物也该上个档次了。看看这本，一定会有收获。”随后的一周我时常会看到琳达在翻看这本书，可与平日不同的是，我感觉她阅读的速度明显不如以往那么快。一天，我忍不住问她：“我怎么觉得你看这本书的速度好像很慢？是不是不喜欢看呢？这可是妈妈我曾经最喜欢的书呦！”让我吃惊的是，琳达听了我的话，好像很委屈，眼圈都红了：“妈妈，我觉得你是在用母爱绑架我。”“啊？”当时的我几乎都能听到自己心里这声惊叫。不过我还是克制住自己的情绪，平静地和琳达理论起来：“我把自己觉得最好的书推荐给你，怎么成绑架你了？天下哪有妈妈会绑架自己女儿的？”琳达的眼泪终于止不住落了下来：“我正是知道你是好意才这样坚持看这本书的，虽然

The Glory and the Dream

我实在觉得它没什么意思，而且直到现在，我还是没看出来这书和我有什么关系。”听到这里，我忽然很内疚，女儿这“忍”的是哪门子气啊!

从那以后，我心里一直阴阴的，再不提让琳达读什么《光荣与梦想》了。想想也是，我们老是教导孩子们要听话，听家长的话，别说是家长有说得不对的时候，即使是对的，其实孩子们也有不听的权利的。无疑，这轮较量以我的失败告终，似乎不会再有什么转机了。自然，厚厚的两本书重新被我默默举回了书架。

可让我没想到的是，就在昨天，琳达一放学，进门就问我：“妈，您那天让我看的那套《光荣与梦想》在哪儿放着呢？”我答：“你不是觉得看不进去吗？我收起来了。”琳达迫不及待地说：“快帮我拿出来吧！我们老师最近也在看这本书呢！”我心里终于明白发生了什么，敢情是“外来的和尚”在念经了！

你看，本是一件看上去很难化解的我们母女之间的矛盾，让这班主任老师不经意的一句话，我这本是“绑架”的罪名，一夜间就烟消云散了。

从这次事情上我找到个小窍门儿——倘若我们做父母的有什么逆耳的忠言想要让孩子们欣然接受，别总是直接唠叨，不妨找找外来的和尚念念经，可能会是个不错的办法。

再叙！

姐姐

一般一般，世界第三

珮嘉：你好！

昨天来信说，安妮在学校的长跑比赛中拿了年级的第三名，你的心情可谓又惊又喜！可不是吗？一个文弱的亚裔小姑娘和那些人高马大的白人、黑人比赛，取得这样的成绩真是了不起。今天安妮电话里还快活地和我开起了玩笑：“一般一般，世界第三！”末了，她一本正经地告诉我，你给她定的下一个目标是拿第一名。

听安妮的口气，她不但没有反感你给她定的这个目标，反而很是认同你的这份“上进心”，这也正是我提笔给你写信的原因。

自从安妮到国外读书，的确经历了不少挫折：学业、心理、体力乃至文化的难以融入，凡此种种，孩子背负了很大的压力。虽说国外的小学和初中没有排名的习惯，但你嘴上总挂着的“别人家孩子”，也算是填补了西方教育的“薄弱环节”了，这不，连安妮都被你洗了脑，小小的人儿，口口声声要去拔头筹呢。

记得早年我们管这个叫作“人小志气大”！可不知你有没有发现，目睹人生那么多之后，最终的结果往往并非我们所期望的那样：

最想得到的奖杯反倒是离我们渐行渐远，而那些我们不经意种下的柳枝儿却发了芽儿，生了根。就拿这次安妮在学校长跑比赛来讲吧，成功的关键并非她之前锁定的目标。早几年，长跑实际上是安妮的弱项，而这次之所以成功，用她自己的话说，靠的是她平日辛辛苦苦在上下学路上的这两小时的奔波，若是没有走这段路给她的锻炼，她是不可能拿到现在这个成绩的。所以，问题的关键并非锁定目标，而是脚踏实地地去干事情。

俗话说：抱的希望越大，失望也就越大。这是被无数人的人生经历所证明过的结论。依我说，你这个做妈妈的，与其给安妮定下的“拿第一名”的目标，不如借此机会让孩子明白生活中的一个道理——功利地去追求一个目标，为名利去奋斗，其结果往往会让人们大失所望；而不计得失地脚踏实地地去做一件事情反倒会成功。我想，这才应当是这个“世界第三”给安妮带来的真正的价值。

再叙！

姐姐

老妈要看演唱会

珮嘉：你好！

今天接到妈妈打来的电话，说是让我帮她在网上订两张费玉清演唱会的票。我在网上查了一下，位置好些的要580元，普通的座位也要380元一张呢！

晚上打电话给妈妈，告诉她价码，其实骨子里或多或少有点儿想让老妈“投降”的味道。果不其然，妈妈听了这价儿也含糊了：“这么贵啊！嗨，其实前几年在人大会堂倒也看过的。”听了妈妈这自我劝慰的话，我的心不但没有轻松一点，反倒沉了起来。琳达看我在那里发呆，过来问我怎么了。我佯装没事儿，随口问琳达：“你说姥姥这么大岁数，花好儿百看个演唱会有必要吗？”这样的问号与其说是抛给琳达的，倒不如说是想给自己的“不愿意买票”再找找依据。琳达沉默了片刻，之后的回答让我吃了一惊，她狡猾地看着我：“妈，你是不是在考验我今后怎么对待你和我爸呀！”

琳达说者无意，我却听者有心。是啊！等到咱们老的那天，若是还想过点我们自以为乐的精神生活，琳达和安妮她们会不会认为那些都是些不着边际的妄想呢？孩子们会不会也像我们这许多年对待他们一样，肯拿自己钱包里的钱，反过来给咱们这些老朽的艺术细胞投资呢？抑或是他们的精力和财力只会投向有着无限未来的子女，而不再是我们这些在末路上残喘的老家伙呢？

前几天，听说咱们楼里的老邻居聚会，张罗的是蔡阿姨家的那位大孝子，当时我还想，蔡阿姨这儿子还真有闲情，花钱请他们这些七八十岁的老人吃饭不说，还得车接车送，生怕哪个磕着碰着，真不怕麻烦。现在想来，这样的孝顺可不是每家的子女都能做到的。“常回家看看”说起来容易，做起来也不难，但怀着不同的心情去

做，却是很不一样的。把父母当成今后的自己，才会真正体会那种老人家的精神期盼是一种什么样的感受。这样的示范，对我们后代的影响无疑会留下深深的烙印。

今天把买好的票送给妈妈，她老人家边小心翼翼地把那个装着演出票的大信封压在玻璃板下面边开心地说：“谢谢女儿啊！这么贵的票！”晚饭后，我看见妈妈两次从玻璃板下面把票拿出来端详，心里真是为自己曾经的犹豫感到愧疚。

再叙！

姐姐

博物馆里的瞌睡虫

珮嘉：你好！

记得你总问我："咱们家俩孩子这些年把时间都花在东游西逛上，也不参加个补习班儿什么的，行吗？"说实话，我虽然嘴上安慰你，其实心里也有点儿发毛呢！让她们在旅行中学习知识，其实，这也不过是我对于"读万卷书，行万里路"在直觉上的认同，并没有什么可靠的依据。不过，刚刚发生的一件事倒是让我对咱们的做法有了些信心。

昨天，安妮在电话里兴奋地告诉我，在西班牙语课上，老师提到了毕加索，全班只有她去过巴黎的毕加索博物馆。我之所以给你写信，关键倒不是向你汇报小家伙在课堂上如何为此出足了风头，而是想和你分享我们这十年来，费了九牛二虎之力，把琳达和安妮带去世界各地的博物馆所结出的成果。

当年孩子们还很小，你我都还不确定这小姐俩是否能记住她们周游各地的所见所闻，就糊里糊涂地上路了，除了一两次迪斯尼，途中的大部分时光都花在了博物馆和历史遗迹上。记得妈妈曾经担心地问过我："她们俩这么小，花那么大力气东奔西跑的，有什么用？"其实，我心里又何尝不是在暗自嘀咕，尤其是到了国外，路途劳累，加上时差，往往是孩子们一进到博物馆就开始打瞌睡。昨天在电话里我还和安妮开玩笑："想当年，你可是最烦气我们把你们俩往博物馆里赶的呀！你忘了你在阿什莫林博物馆长椅上呼呼大睡的样子吗？我可是有照片的。"可安妮一本正经地回答令我吃惊不小："姨妈，我当时确实是困得要命，有些展览可能我连看都没看，但我现在回想，我的确被博物馆的味儿熏着了，到现在都忘不了。"你知道我听了这话有多么感动吗？不是被安妮，而是被咱们当年的固执。我们固执地把时间和金钱放在了路上，而没有选择疗效明显的补习班。

这样看来，凡事都有因果。不会只有因，没有果，出成果只是时间的问题。这不，我们十年前种下的种子，现在终于发了芽儿，看上去，一定会根深蒂固。

安妮还有一句话让我印象深刻，她说："当我在学校和家中遇到烦心事的时候，一想到我们曾去过的地球上的那些地方和那些人，我的心就宽了，世界大着呢，这些事都会过去，真没什么可怕的。"显然，这不是所有14岁的孩子都能有的人生体会，这无疑是旅途给安妮的独特感悟。听了这话，我很庆幸当年我们没有选择把孩子们关在补习班里教她们如何解题。我们为孩子们推开窗，在他们面前展现的高山、海洋所给予的无限空间，竟然会使他们拥有这样朴实而非凡的见识，这是我之前没有想到的。

再叙！

姐姐

遇到坏孩子

珮嘉：你好！

刚刚收到你的来信，得知最近安妮在学校里遇到洋人同学欺负她的情况，心里很是不安。你说不知道是否该兴师动众地找学校告状，担心告状后会影响安妮和同学今后的友谊。万里之外，我非常着急，虽然鞭长莫及，但我这里倒有一个琳达的案例供你们参考，但愿能给安妮一些帮助。

当年琳达在悉尼上学的时候，班里曾经有两个女孩子总对着她怪笑，还时不时对她讲一些奇怪的话。琳达当时没把这事憋在心里，马上和她的老师讲了这个情况。琳达是这样和老师说的："虽然她们没有暴力行为，但她们的做法让我感到很不舒服。"随后，老师立即采取了行动，找那两个孩子谈话，并对她们发出了警告，事情就此平息，那两个女孩子再不敢像以前那样对待琳达了。后来，一次英语课上，琳达恰巧和其中的一个女孩子坐邻桌，那个女孩子突然对琳达说："把你的手机给我看看好吗？"琳达虽然不想交出手机，但看她说话比较礼貌，碍于面子，还是把手机递给了对方。但正当那个女孩子开始翻看琳达短信的时候，琳达忽然反应过来，一板一眼地和对方讲："等等，如果你不介意也把你的手机给我看看，我会很愿意和你交换。"听到琳达的话，对方被吓住了，乖乖地把手机还给了琳达。

后来，回国后，琳达跟我描述这个情节时，我问她为什么会这么勇敢？是怎么想到这样处理问题的？琳达说："这还得要感谢美国的一个历史人物麦迪逊总统。他说：'人在扎堆儿的时候，会失去荣誉和人格对自己行为的制约。'按照这个逻辑，当我的对手是一个人的时候，我当然没什么可怕的，我们是平等的，都是有着独立思考能力的真正的人，我想那个女孩子也应当清楚这一点。"我真没有想到，琳达背着我们，在异国他乡竟然经历了这样许多困难，为她自豪的同时，也为她感到辛酸。

后来，琳达又告诉我，那两个女孩子虽然不再骚扰她了，但是并没有停止她们的"游戏"。有一天，在饭厅里，她俩又让班里的一个女孩子给她们跳舞。这个可怜的女孩儿，看上去其实和她们没什么区别，金发碧眼，身体强壮，但却二话不说地给她们跳舞。后来，琳达问那个跳舞的女孩子凭什么给她们跳舞，让她们这样欺负人？那个女孩子却耸耸肩膀对琳达说："我愿意和她们成为朋友，这是我的选择。"琳达听了这话，当时都蒙了。

听了上述琳达的经历，不知你有何感想。自从孩子们出国接受西方教育之后，我们做父母的总是为他们不能很快地融入当地文化而着急，总希望他们能尽早进入所谓“主流”社会。现在想来，其实孩子们遇到的情况并非只是“和洋人交朋友”那么简单。对于这些小留学生而言，除了解决“融入”的问题之外，被平等地对待、安全地生活其实更为重要。所以我建议你不要顾及什么“影响”，这样的洋朋友不交也罢，马上和老师反映情况，向安妮伸出援手才是当务之急。

再叙!

姐姐

捌

求证事实，只是人类生活在这个世界上的一部分内容，除此之外，人类还会为梦想而打破逻辑！

说说“费力不讨好”

珮嘉：你好！

来信收到了。你让我劝安妮明智些，放弃学习舞蹈，把有限的精力集中到文化课上，为明年考个好高中做准备。的确，安妮从体型和年龄上讲，都不适合搞舞蹈。你说她费力不讨好，这话很实在，毕竟安妮离中考只有很少的时间了。本想按你的想法和安妮谈谈，但就在这两天，琳达这边出了个不小的成果，两家报纸都刊登了琳达的文章《我看〈红楼梦〉的宗教思想》，这让我对“费力不讨好”有了新的看法。

想当初，琳达在搞这个选题时，我是坚决反对的。不趁着自己在古体诗上的优势多发表些文章，成天着了魔似的捧着《红楼梦》和一堆宗教书看个没完，我真是急在心里！我的想法并不是毫无根据的，研究红学的专家学者不计其数，时间更是能追溯至一百多年，你一个高中学生，做什么梦？这不，事实证明，仨月了，一个字儿都出不来。不过，看她一门心思做事的执着样子，我心想，也没干什么坏事，让她撞回南墙也罢，随她去吧。

琳达这件事不禁让我想起隔壁家二姐姐当年嘲笑弟弟三强做生意“傻实诚”的话：“我这弟弟实在是傻，做买卖不挑食，只要是有人买他的菜，生意不管赚不赚钱，都屁颠儿屁颠儿给人家送去，自己的力气是白搭在里面的。”现如今，十几年过去，聪明的二姐姐也只是在股市里赚点菜钱，而傻弟弟三强却是开了一间物流公司，做起了大老板。

我虽不敢断言像琳达和三强这样不惜力气的傻人会有怎样的前途，但就之前他们不计较得失地做事的精神，确实值得你我重新思考之前的“费力不讨好”之论。记得琳达学校的校长刘长铭先生在一次家长会上提到“一万小时定律”，意思是如果一个人专注干一件事情一万小时，真正的成功才有可能出现。这句话的实质是：我们的注意力不能停在我们自以为“明智”的捷径上，要成就真正的学业，造就真正的人，更要在为孩子立大志上下些力气，而不是只“讨好”几次所谓的“大考”。

再叙！

姐姐

一件旗袍

珮嘉：你好！

很高兴听到安妮的校园暴力的烦恼被圆满解决的消息。一场风波就此平息，并不意味着今后孩子们在国外的生活就能一帆风顺，相信未来安妮还会遇到很多挑战。今天我想和你谈谈常挂在你嘴边的"融入"的问题。

对于十几岁就来到洋人学堂留学的安妮来讲，最令你这个妈妈头痛的恐怕不是知识的难度，而是孩子被排斥在西方文化之外的烦恼了。安妮也常来电话和我说些掏心窝的话。对安妮的这个烦恼，我虽一时说不清楚，但却一直记挂着，直到有一天我遇到了在哈佛念书的晨晨，才算是找到了解决问题的钥匙。

晨晨当年在美国念高中时，和安妮现在的烦恼没有两样：穿牛仔，跳街舞，参加 Party（派对），连口音都和当地人没有任何区别，可她就是有种不能真正融入西方圈子的感觉。三年多内心的滋味算不上痛苦，但也总有个解不开的疙瘩堵在心里，最终还是一次穿旗袍的经历给了她很大启发。

新年晚会，晨晨本想穿晚礼服的，但学校建议大家穿着有自己民族特色的衣服，晨晨只好选择了从国内带来的旗袍。不想，一进礼堂，很多人的目光都投向了她，整个晚上，不知有多少同学都争着与她合影。晨晨从此悟出一个道理：之前自己为“融入”美国那个所谓主流社会所生出的烦恼其实是多余的。对于美国这个移民国家而言，我们每一个个体都是这个社会的一个分子，没有我们的存在，哪有这个社会的“主流”可言？后来，晨晨和我讲：“新移民若想得到周围人发自内心的尊重，首先要把自己当作主流看待。在美国这个移民国家，除了印第安人，谁也别说自己是这片土地的老祖宗。”她还说：“其实好多时候也并非是洋人的问题，我们自己缺乏自信的心理状态往往也是‘融入饥渴症’的根源。”通过晨晨这段经历，你有没有感觉到，教育孩子们以自己的民族为荣，自信、平等地和周围交往，才是解决问题的真正钥匙。

再叙！

姐姐

教孩子说“不”

珮嘉：你好！

你来信说，昨晚为了安妮回家晚的事情和她大吵一顿，今天也同时接到安妮打来的电话。你们俩是“公说公有理，婆说婆有理”。

安妮晚上11点到家，的确是太晚了，难怪你冲她发那么大火儿，但你也要听听她的解释。安妮说，昨天是参加一个同学的生日宴会，她本是在9点钟的时候先要告辞离开的，但架不住十几个同学同时挽留。这就让安妮陷入了一个很为难的境地——是啊，怎么别人都能晚回家，就你安妮一个人特殊呢？这就引来了一个问题：在生活中要教会孩子说“不”。

说“不”看上去是件简单的事，但真的说出口却并非易事。三年前，我带着琳达和她的好友肖依一起吃饭，无意间发现琳达的右手红红的，还有裂口。我忙问这是怎么回事，琳达说课间老用冷水洗抹布，擦黑板弄的。平日，班里同学要是不做值日，她这个班长为了能让自己的班通过学校的检查，常常一个人打扫教室。我听了琳达委屈的解释，心里挺难受的，眼前立马浮现出她拿着扫把，在暴土扬尘中做值日的样子。平日在家里都很少干家务的女儿在学校竟然吃了那么多苦，没等琳达伤心的泪滴落下来，我心里的泪早已流成了河。正在我不知说什么才好的时候，一旁的肖依开口了：“琳达，我看这就是你这个班长的不是了。”琳达诧异地看着肖依：“我可不好意思告同学的状，而且我也不想为了做值日的小事伤了和气。”肖依答：“让制度说‘不’，而不是你在说‘不’！”我在一旁看琳达，她瞪大了眼睛，好像在说：“还能这样啊？”从这件事之后，我看琳达真的从一个不敢说“不”的小女生变得有主意多了。

今年夏天，琳达的一个男同学请琳达帮他补习数学，两人约在了西餐厅，最后该结账时，男孩子去了洗手间，回座位就问琳达是不是可以走了。琳达说：“不可以，还没结账。”那同学诧异地问：“你没有结账吗？”琳达竟然说出了我一辈子都没说过的话：“我觉得我们应当 AA 制。”

回家后，琳达把这段“剧情”学给我们，问我们她是否应当拉下脸这样做。我和她爸面面相觑，真不知如何解释，最终还是她爸小心翼翼地做答：“好像按中国人的风俗，我们都是抢账单的耶。”琳达的脸腾地红到脖子：“怎么又不让制度说‘不’了？”

生活中的种种情况真是挺复杂的，特别是拒绝的时候，可不是想象中那么简单的事情：有时我们拒绝的是危险，有时我们拒绝的是善意，有时善意和危险交织在一起，各种情况都有可能发生，怎么是冲孩子发火能解决问题的呢?

再叙!

姐姐

“加塞儿”有理

珮嘉：你好！

安妮已经安全抵达悉尼了，琳达见了妹妹特别兴奋，小姐俩抱在一起的样子真是让人看了开心。而在机场发生的一个小插曲让我觉着，你的宝贝女儿不但个子高了，心智也逐渐成熟了。

提了行李之后，我陪两个孩子去卫生间，因为人多，大家很自觉地排起了队。好不容易快到安妮了，忽然从门外面来了个 60 岁上下的老太太，从她愣头愣脑的动作一眼就能辨出，这是位初来乍到的中国同胞。老太太旁若无人地走到了排在第一个的安妮的前面，向里面张望有没有空位，好像所有在安安静静排队的人她都没有看见一样。正当大家都没反应过来这位老太太为什么不遵守排队上厕所的“国际惯例”时，忽然有个门打开了，老太太便不慌不忙地迈步进去，以迅雷不及掩耳之势，完成了对在场“各国人民”的突袭。看到这一幕，排在安妮后面的琳达生气地对安妮说：“你为什么不拦住她呢，她该排队的。”站在一旁的我也觉得这老太太的无礼行为有损中国人在海外的形象，特别是当听到后面的洋人叽叽咕咕地小声嘟囔："Chinese..."如何如何时，更是替这老太太脸红。可你知道吗，比老太太给我带来的意外更令我吃惊的是安妮对琳达说的一番话："你看老人家慌慌张张的样子，一定对这里很陌生，她又不懂英文，怎么能要求她搞懂这里上厕所的规矩呢？不懂规矩，哪可能有能力遵守规矩呢？她又是老人，咱们就谅解她吧。"我注意到，安妮讲这番话用的是英文，我会意这孩子的用意，她这些话不但是讲给琳达听的，同时也是向后面的外国人解释这个中国老人的情况，以求得大家的理解。

近几年，我们在媒体上总是能看到关于中国人在国外怎么不守规矩、如何"现眼"的指责，鲜有安妮这样充满同情和理解的解围声。告诉你这个小故事，让你也重新认识一下这个总是跟你拧着劲儿的女儿的真面目吧。你高兴吗？

再叙！

姐姐

“小布头”的去留

珮嘉：你好！

来信说你们最近正在搬家，一家人在如何处理已往旧物的问题上发生了争论。年轻的你们主张“旧的不去新的不来”，把用不上的东西统统清理掉；爸爸妈妈则舍不得扔掉那些“陈芝麻烂谷子”，什么都想留。安妮来信也说起了这个事。她说，不管是在澳大利亚还是在美国，平日总能看到洋人搬家时把家中几乎所有的东西，大到家具，小到碗碟都摆摊变卖的情景。然而这次到戴安娜家去玩，她看到她家书房里的陈设却处处流露着怀旧的风格，祖传的书、座钟，甚至还有祖母的玩具……她不明白这到底是怎么回事。

现在，人们的生活比起二三十年前的稀缺经济时代的确发生了翻天覆地的变化，原来我们是愁家徒四壁，物质匮乏，而如今却是腻烦生活空间被很多常年不用的东西侵占了。我很理解你因为房子狭小而伤脑筋的境况，悉尼这地方寸土寸金，留太多的旧物是不大现实的。虽然，我无法给你具体的建议，不过，这倒使我想起一件趣事，也许对你解决“另一个问题”有些启发。

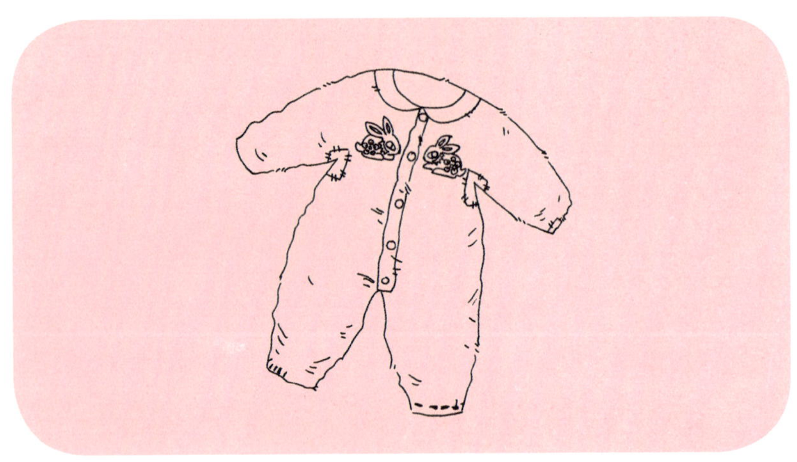

记得去年年底，琳达为了找自己的羽绒服，无意间从柜子底下翻出了一件小宝宝穿的红色连脚裤，她用拇指和食指捏着，嘲笑的表情挂在她的嘴角：“妈，您留着这干吗？我扔了啊。”眼看那皱皱巴巴的小布头就要被投进垃圾箱，我一把拽住了琳达，厉声喝道：“还我！”琳达吃惊地睁大眼睛：“有话好好说，干吗那么厉害呀！”我自知失态，忙向琳达解释：“这小衣服可是你太姥姥那辈人传下来的！一百年不止了。”琳达一听，马上老实了，睁大眼睛，重新审视起眼前这块抹布样的宝宝装——细密的红色绸布上用亮黄的丝线绣出了精细的动物图案。我让琳达想象一下那个当年穿这件小衣服的宝宝是个什么样子。琳达说，能穿这么豪华的衣服，他一定是个生活在温暖富裕家庭中的孩子。我指着小衣服腋下部分的补丁问琳达：“你注意到这个了吗？这是“小宝宝”的孩子，也就是你姥姥婴儿时期的生活。”琳达翻着白眼儿仔细琢磨那块补丁：“家道败落了。可怜的姥姥，婴儿就穿补丁衣服了。”我看她这么用心听我说这块小布头的历史，也愿意跟她多说两句：“你再看看裤脚这几针缝得怎么样？”琳达笑了：“一看就知道这是姥姥的手笔，好粗啊！莫非妈妈你也穿过这衣服？”

看到这里，我想你该懂得我想说的“另一个问题”是什么了吧？对，就是“惜物”。惜物的核心并不是教育孩子们什么“破烂儿”都留在家里，而是教她们透过“物”来体味生活所要告诉我们的故事和道理。记得《红楼梦》中黛玉为落花缝制香囊吗？一件物，一段生活，也是一段情谊。我们所得到的物，其实往往也是得到的一段情。

再叙！

姐姐

讨厌的室友

珮嘉：你好！

来信说安妮这几天正闹着要换宿舍。除了你来信，安妮也打电话向我描述了她这个室友的坏脾气和糟糕的生活习惯。我听了也觉得很吃惊，单就安妮这位室友从不整理自己的书桌和爱出风头这两点，我就能理解安妮的烦恼了。这里我倒想建议你借这个机会和安妮谈谈如何与自己不喜欢的人相处这件事。

你可能会说，安妮只要躲开眼前这个讨厌的家伙就好了，根本不需要和她相处！的确，搬家倒不是什么难事，可你想过没有，下一个“家伙”就会是个天使吗？

我们身处社会之中，这就意味着要面对社会存在的各种现实情况，有好的，当然也少不了负面的。安妮这次所遇到的情况你不觉得似曾相识吗？你有没有想过，无论是在社交场合还是在工作单位，甚至在家庭中，我们无一例外地都会遇到我们不喜欢的人。那么我们除了用“躲”这个办法，其实更多的法子便是“忍”了。可是，若是我们一遇到身边的人不如自己的意就心生不满，或躲或忍，用消极的情绪去对待，那么人生就真的成了苦海无涯了。因为世界上确实没有一位完美而没有缺点的人。反观以往，躲和忍这两种方式并没有抹去那些讨厌的家伙给我们带来的不快。那么你会问：“我们已经够委屈了！除了躲和忍，难道我们还能做些什么吗？”

这几年，通过好多事情，我逐渐发现，还有一种叫作“容”的道可走。容人，倒不是说让安妮一味地迁就室友的坏习惯，更不是试图去改变对方，而是要用一种礼貌但有距离的方式和这个家伙相处，试着把自己的心量放大，用俗话说就是“睁只眼，闭只眼”，你不妨让安妮试试。看看这种“大事化小，小事化了”的哲学，能不能使自己的私人空间最大限度地保持舒适。也许分寸的把握对十几岁的安妮有些难，但试着去做一做，甭管是否能成功，权当修炼吧。从某种意义上看，这件事对于安妮漫长的人生又何尝不是一场小的演练呢？今后，她会到社会上谋生，还会组建自己的家庭，路上遇到的人，风雅的也好，粗俗的也罢，哪里就那么称心如意呢。碰到形形色色的人是再正常不过的了，丰子恺先生说得好：“心小，则事大；心大，则事小。”只要我们的心足够的宽厚，任何麻烦都会是微不足道的。

再叙！

姐姐

衣衫褴褛之美

珮嘉：你好！

昨天安妮电话里向我告状，说是你把她那条心爱的牛仔裤扔进了垃圾桶。那可是她攒了好几个月的零用钱才买来的。

听了安妮的告状，为了平复她激动的情绪，我表面上同情了小家伙两句，但骨子里不禁暗喜。安妮说的那条牛仔裤我是见识过的，学名叫“破洞做旧休闲乞丐裤”。要我说，用千疮百孔形容那条裤子一点儿都不过分。要是我家琳达敢穿这样的东西出现在我和她爸面前，我们非得找她“喝茶”不成了。

本想写信给你，暗中支持一下你的果断行动，但当我真正提起笔的一刻，眼前却浮现出了二十几年前的自己。那时，只有十六七岁的我不也是经常背着父母尽买些奇装异服偷偷穿在身上吗？今天，我还清楚地记得当年闹的一个笑话。那是个冬天的早晨，我背着书包刚想去上学，正在吃早饭的爸爸叫住了我：“嘿！宝贝儿，你怎么不穿外裤就要出门？”听了爸爸的问，我莫名其妙，低头一看才恍然大悟。原来，爸爸说的是我身上穿的那条米色紧腿裤，因为阴天光线暗，那裤子还真有点像秋裤！当我俩意识到真相的时候，都不禁哈哈大笑起来。

虽然 80 年代的紧腿裤和安妮的乞丐裤“丑”的程度不在一个水平上，可实质上反映的却是同一个问题：年轻一代的追时髦和老辈人的中规中矩之间的冲突。我们恼火安妮以衣衫褴褛为美，和咱们的爸妈当年视喇叭裤为流里流气没有什么不同。细想想，这是社会审美取向所致，谁也论不出个黑白。但我们作为家长能做的也的确不只是把安妮的裤子丢进垃圾桶这一件事。把我们不喜欢的东西丢进垃圾箱很简单，但说服孩子认同我们的观点还得动动脑筋。

我想，作为妈妈，你最需要告诉安妮的是，衣着应代表你想向外界传达什么样的内心世界，告诉朋友你是什么样的人。不是街上什么衣服时髦，就往身上披什么。着装要符合身份，不要让所谓的流行绑架了我们的个性。现实生活中，人们认识一个人，往往第一面以穿戴取人。你不妨问问安妮，谁会有耐心通过你邋遢的穿戴去认识你本是静雅的内涵呢？如果有几个赤裸的人站在我们面前，你是否能辨认出哪个是艺术家？哪个是乞丐？哪个是法官呢？是不是很难呢？但如果他们穿上得体的外衣，一切便一目了然了。

此外，你还要说给安妮的是，作为家庭中的一分子，我们个人的穿戴还要顾及家庭其他成员的感受。就拿这次来讲，爸爸妈妈都是着正装出席朋友的婚宴的，你作为家中唯一的孩子，走在其间，却是一副衣衫褴褛相儿，你若是观众，会怎样看待这个场景？如果爸爸妈妈也穿同样的衣裤到你的学校里参加毕业典礼之类的活动，你会做何感想？

再叙！

姐姐

神话不是谎言

珮嘉：你好！

你来信说，安妮最近开始质疑儿时所读的那些童话故事了。长大了的安妮现在问你，为什么成人要用童话来“骗”小孩儿，那些都是不存在的事情。安妮这个问题让我想起了我读过的一篇文章。早在一百年前，有一个叫弗吉尼亚的小女孩儿，就有过和安妮类似的问题：“世界上到底有没有圣诞老人？”

其实我也一度质疑过父母用神话故事教育我们的做法，明明长大以后，我们只能做个本本分分的普通人，面对的是一个实实在在的世间，干吗大人非津津乐道地讲那些不可能实现的愿望呢？

今天是我扫除的日子。午饭后，我把最近读过的书插回书架，随手把书签从书页间取出来，有一个取书签的动作稍慢了些，书页展开了。“人类拥有一个极其文雅的天赋，即能够讲述童话故事。”这开篇的第一句话一下吸住了我。因此，在午后温暖的阳光中，我重温了林语堂先生的《浪漫主义的权利》。

从我曾画过的笔道上看，这文章的确是我读过的，但细看内容，却又如同初读，这也印证了我常跟你说的，好文章不怕多读几遍。

那么“真正有道理的，是理智还是想象力？”林语堂先生用了一个新版灰姑娘的故事传达了他的观点。在一个现实主义作家的笔下，灰姑娘最终没有嫁成王子，穿着脏兮兮的衣裙，怀着对继母的愤恨，继续过着旧有的生活，一直到老……这样的“现实生活”，从大数法则来讲，的确是现实的，但与此同时，另一个“现实”也显现了出来，那便是林语堂先生的观点：人性将对此说“不”！

显然，这个故事并没有证明类似“圣诞老人是否真实存在”的诸多问题，但它却让我们明白了另一个道理：求证事实，只是人类生活在这个世界上的一部分内容，除此之外，人类还会为梦想而打破逻辑！对未知世界，谁也不能阻止人们去希望和憧憬，而神话就是这种想象力最典型的表达。

想象不是真实，但却不能归类为谎言。巧合的是，对于那个名叫弗吉尼亚的小女孩儿关于圣诞老人之问，纽约《太阳报》一位资深编辑丘奇的回答与这个的观点几乎一致：

“是的，弗吉尼亚，圣诞老人是有的，这绝不是谎话。在这个世界上，如同有爱，有同情心，有诚实一样，圣诞老人也确确实实是有的。你大概也懂得吧，正是充满这个世界的爱、诚实，才使得你的生活变得美好了，快乐了。假如没有了圣诞老人，这个世界该是多么黑暗，多么寂寞！就像没有你这样可爱的孩子，世界不可想象一样，没有圣诞老人的世界，也是不可想象的。”

看到这些，我忽然有种感觉，类似安妮和弗吉尼亚的疑惑不也是我们成人世界的疑惑吗？在这宇宙洪荒的大千世界面前，我们这些大人又何尝不是小孩呢？“真正有道理的是理智还是想象力？”这是林语堂先生在《浪漫主义的权利》一文中所阐述的核心内容。仔细端详，这个深不可测的发问是不是与孩子们的上述疑惑如出一辙呢？记得从前，爸妈是最喜嘲讽我“胡思乱想”的，而我最遗憾的事也是没能读上哲学专业了。但奇怪的是，十几年过去，烦恼和愉悦着我的，仍是那个我没嫁成的“哲学君”。知道这个小历史，你就不必笑我把什么问题都“哲学”了。是的，在我看来，孩子们的问题的确是个哲学问题，并不是我们肚里的墨水能应付得来的。

你总是抱怨安妮头脑幼稚，问题问不到“点儿”上。而你有没有仔细想过，你所谓的“点儿”又是何物？依我看，若是我们能将孩儿们那些“愚蠢”的问题予以精彩的答复，或即便是答不出来，而帮助他们找到思考问题的途径，那也是比停在抱怨的台阶上要好上不知多少倍呢。

再叙！

姐姐

吉米的弦外之音

珮嘉：你好！

此次耶鲁之行令人难忘，原因有二：其一是在搭乘去纽黑文的火车时，我狠狠地摔了一跤；其二是琳达顺利会见了招办老师，坚定了报考的决心。若是琳达将来如愿，我的皮肉之苦也算没有白受。报考耶鲁的事，日后再写信给你详谈，今天先和你表表我那倒霉的一跤吧。

那天中午，我和琳达从宾夕法尼亚大学出来以后就直奔费城火车站，到了站，刚好是登车的时间。我和琳达各自拖着行李慢慢晃到月台。这里不像国内，每个车厢并没有乘务员检票，都是乘客自己对号入座。我们将乘坐的八号车厢也只有四五个乘客登车，所以也无所谓先后。可是在美国这地方，处处都是要讲究女士优先的，加之天上飘起了小雪花，所以我和琳达就越发成了被谦让的对象了。

我成了第一个登车的人。前面没人催，后面没人挤，地也是平平的，我实在想不出，我迈着四方步，外加行李箱做拐棍儿，它怎么就会来个大劈叉，并且其中的一条腿还别在了列车和站台之间。

可这，就是事实！我只觉得别着的小腿像是一根要被折断的木棍儿，心想：完了，一定折了！为了证实我悲观的设想不是现实，也有那么点别让我身后那些谦让我的绅士们产生内疚的心思，霎时，我竟然像气儿吹得似的站了起来。

我自小到大，摔倒的经验很少，能记得最清楚的一次，是我第一次去乡下祖母家，为了给猪跳舞，一个马趴跌在了猪圈门口的泥地上，所以今天这马失前蹄的一摔着实叫我发慌。被琳达搀到座位上，出于本能，我首先想到了那张躺在家中抽屉底层的保单，想到了琳达接下来的耶鲁之行该怎么办，接下来还有波士顿的好几个学校要走访……

“嗨！你得去找列车员。”一个很低的声音闯进了我正在忙活的大脑，是坐在我们隔壁的一个大叔那里发出的。对方像是拉美裔，他不确定我是否能听懂他的话，还向琳达说：“门口的地上有雪。”平时我的耳朵对拉美口音是最麻木的，可这次却奇了，我竟一字不差都听懂了。

五分钟以后，列车长吉米被琳达找来了。吉米的脸可不是平日常见的美国佬亲切可人的那种：“嗨，女士，你怎么样了？没事吧？要不要下站叫个救护车？为什么这么不小心呢？”凭着我有限的法律知识判断，这话听着绵软，里面却有不少的文章。冷漠、推卸责任都在这四个问号里了。既然这样，我也不必遮掩，于是直接对吉米瞪起了眼睛："你没有看到吗？我的腿已经肿了。先生，请搞明白，我之所以摔倒，和你们没有及时清理地板上的雪有关。并不是因为我不小心。"吉米见眼前的瘸子并没有摔坏大脑，对自己方才绵里藏针的"问候"被人看出了破绽似乎有些顿足。为了使谈判不致马上破裂，显然，此时的吉米只有重新调高脸部的温度这一招儿可走了。吉米一面取出了车厢中的药箱，拿出冰块为我敷上，一面语重心长地嘱咐我："毕竟别人都没有摔，今后走路还要小心些。"听了这话我真是又好气又好笑，气的是这吉米推卸责任的贼心还没有死，笑的是他竟还没放弃高估自己的智商呢。不仅如此，我还见他暗中派了手下打扫刚才我摔倒的那湿地板去了。我心里虽已经在吉米的脑门上写上了"真坏"二字，可看在他给我包扎的分上，嘴上却不好那么直接，于是半开玩笑地对他说："你知道吗，在中国，幼儿园阿姨都是这样推卸责任的：'别人都不哭，怎么就你哭'！"听了我的话，吉米的脸红了，他站起身，正色道："女士，你说怎么办吧？"看他公事公办的口气，我也严肃起来："若是我的腿没折，皆大欢喜；若是折了，你们得负责。虽然你刚才擦干了那地板，虽然其他人没有摔倒。"

下车前，我终于得到了吉米派人送来的事故责任登记表。更幸运的是，我的腿居然没折。而且一个月后，我还接到了铁路公司办公室的事故追踪电话。这个例子虽然有些悲催，但我觉得对孩子们将来在外生活是很重要的。这件事印证了美国法制的健全，同时也提醒我们，要有维护自己合法权利的意识。

再叙！

姐姐

不一样的向日葵

珮嘉：你好！

今天是周末，一个人在家。太阳很好，卧室暖洋洋的。搬了把躺椅，取出了丰子恺先生的《西洋美术史》。我边看书，边随手在空白的地方标注些感想，偶尔嗑几粒南瓜子，喝一小口红茶，感觉别提有多惬意了。遇到丰子恺先生谈及现代派艺术，还不由得想起了2008年夏天，带着孩子们去巴黎奥赛博物馆的事。

奥赛博物馆在塞纳河的左岸，与卢浮宫隔河相望，以收藏印象派画家的画作闻名。这个博物馆与卢浮宫、蓬皮杜一道，被誉为是巴黎三大艺术馆。我虽然很喜欢印象派的画，但也仅仅是喜观赏，并没有说出所以然的能力。为了避免面对孩子们的“问问问”，参观前，我为她们约了奥赛博物馆的小学生一小时艺术课。

这样的课在奥赛并不是纯义务的，有点托管班的意思，每个孩子要花上几个欧元。我心想，若是用这点学费让她们知道些西方美术史，也算值得了。把她俩打发了，自己在博物馆里溜达，一身轻松，外加大饱眼福，真是神仙感觉。不过，只一个小时的光景，两只小鸟就回了巢。看她们欢蹦乱跳的阵势，怎么也不像是刚被灌过墨水的样子。莫非那老师是讲法语的？这俩什么都没听懂？连忙追问，直到问出那讲课的老师是英国人，牛津毕业的，我这才放了心。心想，若是法语，我那十几欧元岂不是白扔了？两个孩子自是笑话我俗气。我才不理会她们，一定要刨根问底："那你们一个小时都干吗了？"我着急地问。安妮道："老师给我们讲了几张印象派的画，然后，让我们临摹了一张，就下课了。"啊？十几个欧元，就干这点事！安妮似乎看出了我眼睛中的"不上算"，同情地饶上了一句："噢，对了，老师还留了作业呢！"看安妮说不清楚作业的内容，琳达上来帮腔："老师让我们回去好好想想，凡·高和莫奈的向日葵有什么不一样。"

八年过去了，我几乎忘记了这个赔了本的买卖，今天读到丰子恺先生分析印象派莫奈和后印象派凡·高时，忽然想起当年孩子们口中的奥赛之问："凡·高和莫奈的向日葵有什么不一样？"

依丰子恺先生的见解，莫奈的向日葵是光在物上的摹写，以纯粹的绘画兴味为本体，体现的是唯物的态度；凡·高的向日葵是形的韵律，加进了个性的新的实在，注重的是内心的表达。把这层意思当作奥赛之问的答案，想必应当是"不丑"的了，而这个答案的背后也正是印象派发展史的脉络——从忠实客观的印象派到着眼主观的后印象派。

合上丰子恺先生的书，我闭上眼睛，不禁琢磨起这西方人引导孩子“上钩”的法子来。“凡·高和莫奈的向日葵有什么不一样？”这句看似简单的一问，其中的路数却是很深。倘若是把这个问题改写成我的考题：“给我说说印象派和后印象派的不同点是什么？”恐怕孩子们马上就会被吓得逃之夭夭了。唉，只可惜我这外行居然看了这许多年热闹，才琢磨出这门道来。想想自己做了十几年的家长，把有趣的知识教得无趣，把无趣的知识讲得更加无趣，暗自计算一番，这种事情还真的干了不少呢！

这事似乎也让我找到了自己一直以来对艺术敬而远之的缘故。学校美术课上，老师“闷声大发财”的教法；自己钻到图书馆硬啃“高大上”的艺术书，一直看到眼皮打架；画室里无趣而机械地临摹……这些迎难而上的苦学法，其结果，不但没让自己与艺术结缘，却反倒是因途中的乏味而与艺术渐行渐远，想到这些，心里直叫“上当！”。

再叙！

姐姐